Gubbarna på Råholmen

renoverat och nytt

Lars Holmberg

Gubbarna på Råholmen
renoverat och nytt

© Lars Holmberg 2023

Omslagets framsida: Flöte Förlag
Text omslagets baksida: F. Löte
Förlag: BoD – Books on Demand, Stockholm, Sverige

Tryck: BoD – Books on Demand, Norderstedt, Tyskland

ISBN: 978-91-7851-910-1

till Anita

Ett kåseri skrivs huvudsakligen lättsamt och gärna i
en humoristisk ton. Det kan vara lite överdrivet, ro-
ligt och underhållande, vilket det ska vara.
Språket bör vara lättsamt och enkelt. Ska man an-
vända talspråk, svordomar och slanguttryck, så ska
dock inte detta användas hur som helst. Man kan
också säga som den gamle kåsören, salig i åmin-
nelse, Red Top, Lennart Nyblom, en gång sa: "An-
tingen är ett kåseri roligt och det är ju bra, eller så
är det bra och det är ju alltid roligt."
Se där här, fann ni mina ramar för denna kåse-
risamling. Det var år 2003 som jag gav ut kåse-
risamlingen Gubbarna på Råholmen. Nu kommer
ett hopkok med så att säga, både renoverat och
nytt.
Jo, Råholmen ligger i Stockholms södra skärgård.

/ författaren

Snigelröd...

På väg mot Råholmens visthusbod, passerade vi Nylund. Han inte bara heter så, han är ny på ön också. Vi morsade medan han stod där och målade grinden vid sin stuga, i en grön kulör. Jag tror det är den ende på ön som har en grind framför sin stuga. Vi tog vägen förbi anslagstavlan, för att se om telefonkiosken stod kvar där. Det gjorde kiosken, men den saknade nu det elementära, själva telefonautomaten.

– Ska vi köra med röksignaler om man vill språka med faster Agnes i Hästmahult, undrade Larsson?

– Hästmahult! Har du en faster i Hästmahult?

– Nä, men om!

– Fast i Hästmahult pojkar, hade Torsten Ehrenmark ni minns, journalisten, sommarprataren och kåsören, sin sommarkåk meddelade Nisse för våra öron.

– Telegrafverket räknar nog med att alla har en Iphone, gissade Larsson. Varför ska dom då hålla oss med telefonhytter runtom i riket, på kobbar och skär?

När vi närmade oss Råholmarn's Lanthandel och hans Visthusbod, halade Nisse upp sin snugga för att osa ner lite vid lanthandeln också.

– Bara för att hålla myggen borta, sa han när han såg gubbarnas min och ryckte lätt på axlarna.

Efter ett tag kom även Lundin stövlandes ner till butiken. Han hade blivit inspirerad av den nye gubben som stått och målat sin grind, berättade han. Nu skulle han därför köpa en pyts, färg. Nu skulle det målas!

– Jag såg som sagt att Nylund stod och målade grinden, sa han då han angjorde vår lilla gruppering vid trappen till Råholmarn's.

– Var han inte klar med den där lilla grinden ännu, undrade Larsson? Det var ju inte många pinnar på den.

– Klar var han inte, sa Lundin. Det såg segt ut. Om han inte var färdig än, kan det gärna inte varit klargrön färg, han använt.

– Nylunds tant, det är väl den där lilla gumman vi såg då vi eldade vår valborgsbrasa? Pettson, som ju är ogift, håller reda på kärringarna här ute.

– Minns Pettson berättade, att ska man ha ett helvete, så ska det vara så litet som möjligt. Vad han nu kunde menat med det, den sanne friherren?

Det märktes att vi stod vid vitshusboden på ön. Vi skulle handla något att lägga på grillen för aftonens kaloriintag, medan Lundin var där, som sagt var, för att handla färg. Han skulle renovera signaltavlan nere vid stora bryggan.

– Tror inte Knutte betjänar oss här ute på gården, bäst vi knallar in nickade Larsson med riktning åt dörren, det börjar i alla fall regna nu.

I Råholmarn's lilla butik rymdes egentligen allt. Det enda som Knutte inte kunde tillhandahålla, kokade gubbarna själva efter tycke och angenäm smak, eller beställde hem via en Internetbutik och kunde hämtas vid bryggan då Stångskär lade till. På butikens lilla yta trängdes drickabackar, plantor, spik och skruv, olika konservburkar och målarburkar, ölplattor, torvmull, frysdiskar, metspön, sydväst och nordväst, grönsaker, tvättmedel, flytvästar, potatis, kemikalier, råttfällor, kattmat, tågvirke, tidningar och rökverk, daggmask, åror, groggvirke, fotogendunkar, myggnät och hönsnät, träskor och husgeråd plus mycket mer av mera, från golv till det fullhängda taket. Det blev så Lundins tur att stövla fram till disken.

Knutte hade klättrat upp på stegen för att hämta ner en burk snigelröd som var det Lundin önskade inhandla.

– Snigelröd! Heter den verkligen så, undrade Knutte uppifrån stegen medan han letade bland det uppställda burkarna? Jag har annars en röd kulör som

heter signalröd, om det är den nyansen du kanske
ska ha.

– Ja, sa Lundin. Signalröd, ska det såklart vara. Tänk
så tokigt det kan bli… snigelröd!

– Ja, sa Knutte, så det kan bli. Jag har ju både sig-
nalröd och signalgrön. Men du, snigelgrön, hur tror
du den färgen skulle se ut i så fall?

– Kanske skulle färgen heta Escargot verte istället, så
det inte blev några missförstånd. Och tja, det måste väl
vara en långsam färg, utdragen torktid och ganska
så långrandig i så fall, funderade Lundin och log för
sig själv medan vi gick emot dörren och lämnade
vitshusboden.

När vi hukande drog oss hemåt plaskande i regnet
efter uträttat uppdrag, passerade vi så Nylund igen.
Han stod där fortfarande vid sin lilla grind, men nu
med ett paraply i ena handen och penseln i den
andra. Nu var han i det närmaste klar med mål-
ningen det såg vi, eller i vilket fall, trodde vi.

– Jaha sa Lundin, med riktning åt Nylund. Det ser
onekligen nymålat ut, och Larsson nickade i ett sam-
tycke. Man märkte tydliga drag att vi varit nere vid
vitshusboden. Den hade nog liksom färgat av sig
och flagnade inte så där i en hast.

– Är det snigelgrön, du målar med, undrade Larsson
så harmlöst han bara kunde? Påminner om en sån!

– Snigelgrön? Har jag aldrig hört talas om. Nä, den här, är klargrön, sa han och tittade på burken för att vara riktigt säker att det stod så. Men nu är det snart klart, själv känner mig ganska färdig. Hur så?

– Jo, Lundin här, vår major och reservofficer alltså, han har nyss köpt snigelröd, påstår han. Räcker länge kanske!

Tack för att du väntar...

Nisse spottade på masken som ju är en gammal ritual för folk bakom flötet med metspö. Slängde ut reven med ett lätt ploppande, när flötet doppade i vattnet.

– Visst är det lugnt här ute sa han och trevade vant efter en sval pilsner under durken.

Vi nickade, ty det är något speciellt och avkopplande att sitta med ett metspö och glo på flötet under tiden man löser dagliga tankar i en Ljus Lager, frisk och lätt som en sommarbris.

Denna dag hade gubbarna sökt sig ut till sydsidan av Lilla Nubbholmen och Sandskärsgrynnan. Lundin, vår major i reserven, satt med ett traditionellt metspö av bambu på drygt två meter och ett vanligt rött och vitt korkflöte. Rutger, hade såklart metspönas Rolls Royce, ett mörkt vinrött spö, av teleskopmodell och med ett pennflöte i rosa och svart cellplast.

Själv avstod jag metandet, men en pilsner kan man ju alltid ta med gubbarna och hålla snacket flytande.

– Här sitter en som är bakom flötet, sa Lundin till den som ville lyssna.

Han log över sin lilla lustighet och gned sig över näsan med tummen och pekfingret medan han kollade några måsar som cirklade runt längre ut vid grynnan.

– Måsspel, sa han och pekade med hela handen som det anstår en major. Måsspel, fyra knogar vänster fyren på Lilla Stänkarholmen!

Vi hade aldrig metat så här långt ut tidigare, men hade hört av gubben Pettson att det skulle finnas fisk ute vid Fläderhällsgrynnan. Måsarna som cirklade runt, runt, och gjorde en dykning då och då visade syn för sägen. Det var därför Lundin pekat ut mot grynnan och med militärisk målangivelse, orienterat oss om var måsspelet uppehöll sig. Enligt Pettson, lär Fläderhällsgäddan var på hugget också, en gammal fuling på 17 kilo. Men, den tar man inte på ett vanligt bambuspö och fet daggmask.

Det var fortfarande bara tidig förmiddag så någon större rusning bland segel och motordrivna flytetyg var det inte ute på Klarnabbsfjärden.

Vi såg några segel stå fint ut mot Fläderhällarna, men annars hade vid det lugnt här ute.

– Nu har dom bytt system, sa jag!

Lundin vände sig om och tittade så där som bara han kan. På det sätt som Dramatens elevskola skulle bocka och tacka för om han sökt in.

– Vad då bytt systemet, undrade han. Har dom bytt färg på skylten från grönt till rött? Sa han och krafsade även han efter en pilsner under durken.

– Om man ämnar göra ett besök på vårdcentralen, måste man beställa tid sa jag, som ett förtydligande.

– Beställa tid, har man väl alltid fått göra, det var väl inget nytt, sa Nisse. Jag minns då jag…

– Varför måste du avbryta hela tiden, finns inte en chans i Jonsered för vår författare att kunna berätta, om du avbryter. Förresten hade du napp nyss, kanske bäst du hänger på en ny daggis, sa Lundin.

– Nu har dom alltså ändrat systemet igen, återtog jag. För vilken gång i ordningen, är något oklart.

– Bättre eller sämre, undrade Nisse som nu satt med blicken fäst vid sitt flöte där det åter lojt guppade i vågorna.

En annan nöjd ö granne hivade i samma stund ombord en liten abborrpinne och såg ut som han en sol.

Som om han fått färgfemman på Bingolotto i tv.

– Det där blir till återvinningen, sa Lundin och pekade bestämt på havet och använde åter hela handen att peka med, så Rutger skulle förstå vinken, fast den var fin.

– Förr, var de det där berömda väntandet i telefonkön när man tidigt som attan på morgonen fick ringa för att försöka få en tid hos sin husläkare uppe på vårdis, sa jag för att fortsätta där vi var, när det nappade för Rutger. Nu för tiden är det en elektronisk röstmaskin som talar om för dig i telefon hur du skall bete dig. Första gången jag kom fram sa den digitala rösten, *tryck en etta för tidsbeställning.* Tryck en etta! Det lät som gamla "fröken ur" i telefon. Där satt jag med en gammal telefon och klenod i bakelit med fingerskiva i kromat stål. En ur mina samlarobjekt för övrigt, men den funkar kanon. Det är en Ericsson från 1931. Men jag menar, hur trycker man en "etta" om telefonen är utrustad med en fingerskiva? Någon?

– Ringde du från gamla Telemuseum? skrockade Rutger och halade upp sin Smartphone i senaste färg och form för att vifta med.

– Va, när jag äntligen kom fram, fortsatte jag utan att bry mig om Rutgers skrockande. Det blev till att byta redskap. En röd Cobra med knappsats från 1976, står i sex hundra spänn på Blocket om ni vill veta. Jag började vänta i telefon på nytt.

Välkommen till vårdcentralen, just nu är det många före, men du är placerad i kö. Tack för att du väntar! Efter någon minut, klickar det till i telefonen och man tänker, vackert!

Välkommen till vårdcentralen, just nu är det många före, men du är placerad i kö. Tack för att du väntar!

– Tack för att du väntar… vad var alternativet, undrade Rutger som suttit fundersam ett tag och stoppat ner sin mobiltelefon i fickan medan han kastade en blick på sitt pennflöte. Vad hade dom tänkt man ska göra då?

– Tja, man kan väl slå en sjua… menade vår lustige major!

– Nå, undrade Rutger, fick du någon tid?

– Jo då, men det var lite tålamodsprövande och komiskt när jag väl kom så långt. Efter en evig väntan i luren, fick jag åter lyssna till den elektroniska stämman då jag knappat in en "etta". Nu fick jag möjlighet att välja besökstid också genom knapptryckning. Först siffran för den veckodag man önskade och sedan klockslag. Men, det som hände hela tiden var att rösten sa, *den tid du önskar boka är inte ledig. Var god välj veckodag!*

Så jag knappade in en tvåa, som är, tisdag.

Var god välj klockslag! sa telefonen. Jag knappade in. Då säger fanskapet, *det finns ingen ledig tid denna dag!*

Okay, man tar nästa dag som är en onsdag och trycker därför på en trea. *Var god välj klockslag…* jag knappar åter in, noll åtta noll, noll. Och luren berättar genast och inte utan att det låter lite käckt denna gång, nu verkade det som man fått napp… *Ni har bokat onsdag noll åtta noll, noll. Doktorn är ledig onsdagar. Välkommen åter, tack för besöket.* Klick!

– Här ute blir det napp i alla fall, sa Nisse och bordade en abborre med en matchvikt på modiga tre hekto i strumplästen.

– Men vad skulle du göra på vårdis, får man fråga det?

– Prova ut en hörapparat, sa jag. Det var så besvärligt med den där tratten jag hade tidigare, så iögonenfallande. Men nu hör jag som en örn ser. Hör till och med när målarfärg torkar, de ni!

– Jaha, sa Lundin det låter ju väldigt bra. Han var redan ägare till en hörapparat. Men vad bra! Hur mycket fick du pröjsa för dina hörapparater?

– I Södertälje!

Beauvais...

Det kändes som i en gammal, amerikansk film någonstans ifrån femtiotalets början.

Vi gick över en oljefläckad platta där det tidigare stått ett otal flygmaskiner genom åren och som synbarligen lämnat en del spår efter sig. Jag kände mig lite illa till mods över de muttrar, stora som små, som låg här och där på betongplattan där dessa stora flygande maskiner stått parkerade. Men allt vilade denna dag och det riktigt kändes och syntes att det var söndag.

Beauvais, den gamla staden på landet, som är en av Frankrikes äldsta städer förresten, har numera en mer bakåtlutad attityd. Parisarna tillbringar helgerna i Beauvais med omnejd och som i en strid ström på söndagskvällen, söker de sig tillbaka in till Paris.

Luften, stod still. Den fuktiga värmen var total. Den fick mig antagligen att se ut som jag duschat med kläderna på och det var så det också kändes.

Någon hostar plötsligt i mörkret till höger om oss och påminner mig om att vi inte stod ensamma i detta klimat. I den fuktiga värmen väntade jag mig någon giftorm, grön ödla eller någon luden spindel, skulle kravla sig in mellan mina skor, för att söka skugga från Helios plågande sken. Det enda till synes giftiga jag dock såg, var mannen i kortärmad ljusblå skjorta och mörkt blå byxor som rökte Gitane. Han hade en missfärgad, men ändå blank mässingsbricka dinglande på skjortbröstet. Han skulle kunna vara en tvillingbror till Telly Savalas, om ni minns den amerikanska tv-serien med den tuffe, omutlige, biträdande poliskommissarien Theo Kojak. Han hade en cynisk kvickhet och ett evigt sugande på en kolaklubba.

Min Kojak, hade en enorm revolver, som en mindre kanon, dinglande i sitt fransade hölster. Han skulle troligen inte det tveka det allra minsta att använda den om det behövdes. Han stod där bredbent, precis som om han nyss klivit av sin Harley Davidson, med ett elakt grin signerat Lt. Kojak. Han betraktade klientelet, som han antagligen ansåg oss som, då vi långsamt tog oss över plattan i riktning mot passkontrollen. Jag gissade att han och hans brorsa, han med en Gitane i mungipan, var en generös provkarta på La Guardia i Paris.

En dieselosande truck var annars det enda som hördes. Jag höll på att glömma ytterligare en truck, den som kom körande förbi oss nyss för att antagligen hämta vårt bagage ur flygplanet. På den nyss landade Caravellen, den vi anlänt med, blinkade fortfarande positionsljusen. Ett väsande ifrån APU'n, bidrog till ljudkulissen.

Även Caravellen, verkade vara ifrån filmens femtiotal, Kojak var dock ifrån sjuttiotalet.

Vi hade landat med Sterling Airways flight NB365 utanför Paris på lågprisflygets givna flygplats, Port De Beauvais – Tille. Av samma lågpristyp som Standsted, i London och Stockholm Skavsta Airport i Nyköping.

Vilken skillnad från dåtid till nutid, pjiuue! Redan incheckningens långa köer, var en prövning då med bagagetaggar hit och bagagetaggar dit. För att inte tala om boardingkorten och passkontrollerna. Man hade nypan full med handlingar av alla de slag.

Jag tänkte på varje gång jag skulle genom passkontrollen, nu blir det problem. Man kommer att lite diskret föras åt sidan för närmare kontroll och några, som det heter enkla rutinfrågor. Inget att oroas över! Jo pyttsan! Men man anade vad det berodde på. Jag såg nämligen ut på passfotot som någon ur skomakarligan som härjade i landet och gäckade polisen i slutet på sjuttiotalet. Man hade tittat misstänksamt på mig och passet redan på Arlanda, hur skulle det då inte var här på Beauvais i Paris? Lyckligtvis kanske gendarmerna inte kände till den svenska skomakarligan här i Paris utkanter, men bara tanken, gjorde att det porlade aningen extra, som Mörrumsåns vatten, över ryggbastet.

Nu hade vi avancerat fram till passpolisens lilla kur där en halvtrött fransos satt och tittade ointresserat på oss resenärer som skulle passera. Hans revolver låg på skrivpulpeten och han samtalade med en kollega som stod i dörröppningen till hans kur och rökte samt hade en baguette under armen. Var annars? Jag lämnade mitt pass på disken för att få den eftertraktade stämpeln, men icke. Han sa något luddigt som, *bonsoir monsieur, s'il vous plaît passer allé…* eller något liknande. Men han fortsatte lojt snacket med sin kollega utan att bry sig eller höja ögonbrynen. Trots att där kanske stod någon ifrån den ökända skomakarligan mitt framför honom och envist insisterade på att få visa passet, till på köpet.

Så var man plötsligt inne i Frankrike då. Det var tanken då vi passerat passkontrollen. Svårare än så var det synbarligen inte. Det var de, liksom! Nu kunde man slå runt på Sacré-Cœur, som Hasse Alfredsson en gång talade om, men kanske menade Montmartre.

– Sacré-Cœur, undrade Nisse, han med Vegan, lite fundersamt?

– Jo, Sacré-Cœur är en kyrka egentligen, som ligger högt upp, det är Paris högsta kulle. I området snubblade vi även på nöjesetablissemanget, Moulin Rouge. Men vi skippade för kollegan i branschen, Folies Bergère, som låg i närheten av de hotell vi bodde på. Man har dokumenterat resan för att minnas.

– Har du bara skrivit det här för byrålådan, undrade Nyllet som var ivrig att bläddra och läsa i den nådiga luntan som jag hade i lådan? Det är ju manus till en hel bok, fortsatte han.

– Jo sa jag, det är de kanske när du säger det så. Men mycket är helt oanvändbart idag, jag skrev detta för länge sedan och det är mest kuriosa. Bäst före datum, har redan passerat, om man säger.

– Ja, Caravellen kommer man ju ihåg liksom serien i tv med Kojak, även om det är lite off, kanske. Flygplanet hade trekantiga kabinfönster, och står väl på museum idag? Biträdande poliskommissarien Theo Kojak, har man kunnat se på Madame Tussauds vaxkabinett i London sedan slutet av sjuttiotalet. Hur det är med hans medverkan på kollegan Musée Grévin i Paris, vet jag verkligen inte. Men Zlatan Ibrahimović finns redan på plats på Boulevard Montmartre i Paris vaxkabinett. Tiden har nu hunnit ikapp oss.

Myran...

Sitter inte gubbarna vid sina sjöbodar ute på holmen, så är det på den gamla ångbåtsbryggan på Norrudden utanför Ängsholmen, man uppehåller sig vid.

Rutger Rynhagen satt och läste Svenska Dagbladet som passbåten hade kommit med. Han gjorde sig ingen brådska för han väntade på majorn som var upp till brevlådorna för att hämta post. Det kända gnisslandet närmade sig på stigen ner mot bryggan, och Lundin i egen hög person, dock utan sina gradbeteckningar på axlarna, anträdde åter bryggvirket. Två fingrar vid kepsens skärm, avsåg hälsningen vid återkomsten.

– Ska det vara Loppis någonstans idag undrade han med en nick åt stapeln med det osorterade godset, och såg sig runt.

– Jag vet inte, sa jag.

– Det ser ut som en massa lösöre från någon som flyttat ut, eller ska flytta in, ansåg Rutger. Måste kommit med lastbil, eller båttransportören.

– Inte en kotte som verkar vara ägare till det lilla bohaget heller muttrade Lundin och såg sig om igen.

En hyrkusk stod en bit bort och donade med några matkassar och två mindre hundar, vid sin taxi. Man kom snabbt överens på ljugarbänken att det var någon som skulle flytta ut på någon ö, över sommaren. Bakom traven med möblemang, de två jyckarna som studsade och hoppade runt hela tiden, samt fyra sprängfyllda matkassar och en lila plastpåse av bekant design, plus en trunk av kamouflagefärgad sort som våra kustjägare använder sig av, dolde sig en parant dam. Hon var lång och smal, fransiga jeans med hål där hennes knän tittade ut, sådana där slitna, svindyra jeans.

Överst kröntes skapelsen av ett rött hårburr. Man skulle kunnat tro det var hon, tidigare boss på Dramaten… Ekman, väl? Fast rödhårig då förstås. Denna madam hade en tunika i beige linne där brunbrända armar stack ut och så var hon förstås barfota. Torö-bryggans egen, Kirchsteiger! Hon såg också ut att befinna sig i en riktigt god årgång.

– Hej, dristade sig Lundin till att hälsa!

– Ska du ut till, *Flottan?* undrade Rutger i riktning mot Ekman, men pekade ut mot ön?

Hon hade nickat då hon vänt sig mot oss för att antagligen besiktiga oss.

I hennes ögon, var vi kanske något ur tvivelaktigt klientel. Försökte antagligen gissa vilka vi var, och varför, samt vem som hade tilltalat henne. Hon sköt upp ett par stora runda solglasögon i det röda hårburret och vände blicken ut mot just, Järflotta, eller *Flottan* som Rutger kallat ön för. Vi kunde inte skönja någon bekant min hos henne efter sin okulärbesiktning av oss och hon övergick till att prata med sina hundar i stället.

Vi hade ju sett på tv, mannen som talar med hundar, nu hade vi sett kvinnan också.

Rutger var ivrigt sysselsatt med sin iPhone och såg ganska belåten ut. Till slut, kom det…

– Jag visste det! Jag tyckte mig känna igen henne, sa han lite dämpat och nickade ut mot bryggkanten där hon stod och spejade ut över vattnet. Det är Myran!

– Myran?

– Ja, hon kallades så förr i tiden för sitt röda hår. Röd Myran! Sedan blev det bara, Myran. Hon heter Beatrice Jansson-Riesling! Någon tioöring som trillar ner, undrade han och såg sig om bland sina grannar?

Det var tydligen ont om tioöringar denna dag.

– Som gäller *Myran*, eller den där Jansson-Riesling menar du, undrade Lundin?

– Båda! Det är ju samma person.

– Har varken någon pollett eller tioöring, så det så
att säga, smög sig på direkten.

– Jansson, han med fåren på Järflotta, är pappa till
flickebarnet!

– Är det hon som är *Myran,* pep majorn plötsligt?
Myran, i kursiv stil, förtydligade han.

– Precis den samme, log Rutger. Då kommer säkert
gubben Jansson farande för att hämta henne.

I en plastbåt kom han farande, men inte kanske vid
en aprilafton och inte med ett Höganäskrus i en
svångrem om halsen som Carlsson, han på Hemsö,
men som ett yrväder, de kom han så det stänkte om
stäven. Vi följde ilastningen med förundrande ögon.
Ska man få plats med allt detta i Janssons lilla plast-
potta på dryga fyra meter med en tjugo hästare.
Rutger ägnade sig åt sin tidning men tittade upp
ibland. Han hälsade på Jansson med ena kardan i
luften.   Lundin var behjälplig med att räcka Jansson
det ena efter det andra så flytetyget började se
ganska dråpligt ut. Efter en ganska kort stund, hade
man fått plats med en hatthylla i smidesjärn, en vit
stol i gjutjärn, två stora akvareller som inte var fär-
digmålade, ett vitrinskåp för väggen och en större
korgstol med armstöd. Ja sedan var det bara matkas-
sarna och lite småsaker. Kanske var det så han tänkt
sig, August Blanche, när han skrev lustspelet, *Ett*

resande teatersällskap. Det började se, minst sagt, ganska fullsatt ut i den lilla båten.

– Jansson stod på aktertoften för att kunna se något föröver och ropade till Lundin på bryggan, "det ska fan vara teaterdirektör!"

Lundin hade gjort loss, vinkade adjöss. Han ropade samtidigt om de hade flytvästar med sig? Man hade bara vinkat tillbaka, som svar.

– Kanske dags att man börjar att Plimsoll-märka fritidsskepparnas ekor och jollar nu.

– Att vad, undrade Lundin.

– Plimsoll, är en uppmärkning av fartygs lastkapacitet, sa han och läste direkt på sin iPhon.

– I så fall sa majorn, skulle inte Jansson fått lasta sin plastbåt så som han gjorde nu. Dom hade heller inga flytvästar. Men kanske ansåg Jansson sig inte få plats med flytvästarna för då hade de nog legat i marvatten. Det finns större båtar än Janssons lilla plastpotta, som kapsejsat. Vasa gick väl på öronen... på sin första resa och kantrade. Tror man skulle varit jäkligt glada om dom hade haft en flytväst. Det skeppet var av naturliga skäl, inte Plimsoll märkt det heller.

– Jo, sa jag. Det slarvas nog en del med flytvästarna. Man tycker att det har gått bra hittills utan flytväst och så fortsätter man med det. Visserligen har man ofta med sig flytväst i båten, men när man trillat i drickat, inser man hur svårt det är att ta på sig en flytväst. Men det blir väl snart lag på att använda flytväst. Vi har ju lag på både cykelhjälm och bilbälte.

– Jag undrar ja om de inte i alla fall lyckats med överskeppningen. Nu har dom klarat den svåraste resan, konstaterade jag som följt dem i kikaren. Även om Jansson har öst hela tiden.

– Jo, man klarar det mesta om man bara har lite flyt, sa Lundin, eller majorn. När, var och hur, dyker ett flyt upp? Jansson är säkert en man med både flyt och matjord i fickorna. Det bevisade han med denna överskeppning nyss. En gubbe med så kallad, bonn röta, flax, mylla, flyt, änglavakt... välj själva.

– Var det akvareller, sa du undrade jag?

– Jo, akvareller som inte verkade vara färdigmålade.

– Akvarell, var det inte de vi kallade för vattenfärg, i plugget? Ledsamt om Myrans akvareller blev konstbevattnade på överfarten, för det var väl konst?

– Jo!

– Vattenfärg, funderade vår major i reserven och flyg-vapnets stolthet. Det påminner mig om att jag ska inhandla en halva Akvavit nere på magasinet till helgen, funderade majorn högt innan man blir Plimsoll märkt. Ja, ja!

En tavla i Paris...

Larsson vek ihop sitt staffli och suckade tungt så det lät som pendeltåget stänger dörrarna vid Stuvsta station.

Det var svårt med inspirationen trots en milsvid utsikt ifrån utsiktsberget. Lite åt sydväst kunde man med god vilja se Landsort då fyren blinkade. Vred man så sitt huvud åt öster, och med samma goda vilja samt en skaplig kikare, kunde han se de högsta husen inne i Nynäshamn, på fastlandet.

– Det blev väl inte en gråsparv än gång va, undrade Lundin, eller majorn, med riktning åt sin sommargranne som stod med ett knippe penslar i ena handen och en tom duk i den andra.

– Inte den minsta, sa Larsson. Och inte beror det på den sparsamma fågelarten här ute. Det blev inte så mycket som en måsskit, suckade han uppgivet igen.

– Men du måttade i alla fall med tummen, försökte Lundin muntra upp.

– Mon dieu, sa Larsson och glodde på majorn uppgivet som en ledsen Sankt Bernhardshund. Jag gör så för att leta motiv och för att tänka på skalan. Men sånt fattar väl ingen gammal reservare. Mon dieu, sa han igen, som för sig själv. Men åter lät han förvillande lik pendeltåget med avgång ifrån Stuvsta. Pffjhuuuuuii!

– Jag trodde konstnärer mest målade sånt där som man inte ser vad de föreställer, fortsatte Lundin. Som dom gör i Paris. Mest streck och plumpar som dom tappat färgburken till slut över sina streck. Sånt brukar kosta skjortan på vernissage. Ju mer dom spillt ut färg på duken och sedan försökt torka bort överflödet, ju dyrare verkar deras tavlor vara. Är det kilopriset på färgen som bestämmer och gäller?

– Du menar kanske lite av graffiti stilen?

– Ja det kanske jag gör, men inte dom som kladdar ner plank och brofästen.

– Men det är lite annorlunda att måla i Paris mot att stå här på berget. I Paris inspireras man av vin och de andra målarna runt om på torget, förklarade Larsson.

– Aha, då kanske du skulle kunna hjälpa mig måla skithuset, så får du lite inspiration, då blir vi två?

– Det borde vara skottpengar på gamla reservofficerare, sa Larsson!

– De är det, sa majorn. Har du varit i Paris och målat, undrade han vidare i samma andetag?

– Non monsieur les officer. Men om hur det är i Paris, kan jag ge besked, om ni så vill, trots att icke jag var med. För att nu slarvigt travestera gamle fänrik Stål, som väl var en kollega till dig möjligen, men bara fänrik förstås.

Montmartre, majorn… oh lala! Det är Paris bästa kulle med mängder av barer och alla andra sorters nöjeslokaler. Jag har en målarkollega som var nere ett par dagar för att måla samt insupa atmosfär och rödvin. Han hade bott ute i Boulogne Billancourt, som är en stadsdel i utkanten av själva stadskärnan. Som Bagar-mossen eller Fruängen. Det var, enligt honom ett billigt pang, ett familjehotell eller något, men dög gott åt en blivande konstnär. Det är enklare att ta sig hem på kvällskvisten om man skippar det där sista glaset rött.   Är det inte så, majorn?

– Va… jo, jovisst, sa Lundin.

Han verkade lite frånvarande, för han hade just kollen på en båt som var på väg ut och undrade om det var Sjöblom i sin, Frida II.

– Är det Sjöblom, undrade Larsson när han också såg bogsvallet som två vita streck efter en smack på väg ut.

– Mmmm, lät majorn, lite drömmande! Hur var det med din kollega i Paris, ja han som bodde i Bagarmossen, eller vad det var?

– Metron stannar redan vid Port de Saint Cloud, den här tiden på dygnet och bussen gick inte heller längre efter klockan ett. Det hade blivit med dålig styrfart han fick ta sig den sista kilometern via Avenue Vaillant och sedan höger in på Rue Thiers. Lite vilsen i pannkakan och med osäker hand, hade han så känt på dörren till sitt lilla hotell.

Låst! Bonne nuit, tack för kaffet hade han tänkt. Visst ja, dök nästa tanke upp. Jag fick ju portkoden av portiern utifall jag skulle komma hem efter klockan tio på kvällen. Till höger om porten satt dosan med knappsatsen, som en lite kassaapparat. Fanns bara en liten hake, vad var det nu för kod? Kompisen berättade att han faktiskt hade skippat det där sista glaset, men kom i alla fall inte ihåg koden. Han hade försökt kika in genom det stora fönstret till höger om porten för att kanske se nattportiern och påkalla hans uppmärksamhet. Han hade bara sett en piedestal i fönstret. En korg med troligen konstgjorda blommor bakom en fluffig säng.

Sängen hade sett intagande ut, och en reklamskylt om en möbelaffär längre ner på Avenue Vaillant, hade avslutat hans vy i fönstret. En gatlykta längre bort hade spridit ett dunkelt sken över honom där han stått. Han berättade att det påmint honom om en kriminalroman han läst. Han hade därför som i boken, fumlat upp ett betalkort. Och som i romanen, drog han kortet genom dörrspringan, uppifrån och ned. Det var då han hade bestämt sig för att sluta läsa billiga kriminalromaner. Men nu var han trött och gav fan i vilket, nu ville han bara in och trilla ihop i en säng. Det klickade när han drog sitt kort för andra gången och porten hade gått att öppna. Kriminalromaner är kanske inte så pjåkiga ändå. Innanför låg en mörk lång hall och till vänster hade en trappa kurvat upp till övervåningen. Han hade inte sitt rum en trappa upp, utan kände ett dörrhandtag till höger i korridoren strax innan för ytterdörren. Det verkade bekant.

Han öppnade dörren till höger. Där stod ju sängen, en smal strimma från någon gatubelysning utanför, gjorde att han såg en stol, som han slängde sina kläder på i en hög. Han hade bara fokuserat på att sova, sova och sova. Kan ingen släcka lampan! Som i ett töcken innan han slocknade, mindes han en piedestal.

När han småningom vaknade, hade det varit i en säng han tyckte mer liknande ett cykelställ och hade känts på ungefär samma vis, var hans föreställning. En kuslig känsla, sa honom att han var iakttagen. Hans huvud hade dunkat som en tydlig trea på

Richterskalan och var nu klart irriterande. Han vände sig om mot fönstret och såg en lastbil köra förbi precis utanför. Två män från någon av förortens ledighetskommittéer stod och tittade roat och möjligen avundsjukt, på honom genom fönstret. Vi sänggaveln hade hotellets nattportier uppenbarat sig.

– Bonjour monsieur, skulle ni nu vara så vänlig att kliva ut ur skyltfönstret, mon dieu?

Nattportiern hade sett aningen roat ut, trots allt.

– Så din kollega hade alltså kvartat i hotellets skyltfönster den natten, summerade majorn? Snacka om att ha tavlat till det för sig i Paris!

– Ja sa Larsson, det var en av hans tavlor
han åstadkom på den resan, den andra var
en akvarell.

Att föna linet...

Lite lätta applåder välkomnade mig då jag återvände till ön efter besöket i stan. Man var utsänd av gubbarna som deras ödmjuke tjänare för att göra ett besök å fastlandets apotek, Röda Näsan. Samtidigt avsåg jag besöka min vän och frisör, Hans. Hasse, som vi säger, är invandrad från Sankt Gallen i Schweiz för många år sedan.

– Det är till att ha fönat linet ser jag, skrattade Lundin, eller majorn.

Han är officer i reserven, men det får man inte säga högt. Ja, att han bara är reservare, alltså.

– Klippningen ser nästan reglementsenligt ut. Det ser ut som på den tiden man skulle på kollo, någonstans i förskingringen. Det är bara kortbrallorna med hängslen som fattas plus en plåsterlapp på knät, som fattas.

Jag mindes mycket väl den frisör som en gång då det begav sig, fick förtroendet av min pappa att förkorta linluggen då man skulle sluta vårterminen och det hägrande sommarlovet stod och väntade på min ankomst.

Samma förtroende lämnades frisören då man skulle föna linet till jul. Där emellan, klippte farsan av det värsta med oftast en slö sax.

Men som sagt, jag minns min gamle frisör Gustav, mycket väl. Gustav var bildlik den gamle konungen, Gustav VI Adolf. Hans förnam var ju till och med detsamma! De var häpnadsväckande lika, inte bara till namnet, således. Jag tror mig däremot gissa att de ägde olika färdigheter i att klippa små blonda gossar.

Gustav var alltså en kopia av gamle Gustav VI Adolf där han stod med sina runda glasögon och mönstergilla spikraka benan i den slickade frisyren. Vid sommarklippningen frågade Gustav alltid ”vi ska väl ta det lite kortare nu till sommaren?” Man sa troligen *ja* på den ledande frågan, för man var ett väluppfostrat barn och invände inte. När det lackade mot jul, tågade man så åter till Gustavs lilla stråförkortningsetablissemang och rättade in sig i ledet bland farbröders puffande på cigarrer. Man satt där igen och hade god tid att se sig om i lokalen. Där stod raderna av de blåfärgade flaskorna med okänt innehåll men som jag tror var hårvatten. På väggen hängde den runda beredaren i blankpolerad krom med en liten kran på för varmvatten till raklöddret. Bredvid hängde läderremmen för att strigla rakkniven och där stod det fler askkoppar i hamrad koppar för gubbarnas cigarrer. Gustav själv, rökte vanliga cigaretter och tog ett bloss mellan klippningarna. Man satt på en soffa eller stolar av ek med stoppade dynor klädda i vinrött läder.

När man så äntrade frisörstolen och fick sitta på en bräda som Gustav lade på armstöden. Så frågade han det där numera klassiska orden "vi tar det väl inte så kort nu när det är vinter?" varpå jag troligen försökte skaka på huvudet för att hålla med om hans förslag.

Nu hade man nära blickfång för de mörkblå glasflaskorna med Keratin som stod uppradade på en glashylla vid spegeln där man satt. Man undrade, varför får inte jag sådant i håret när farbröderna får det? Bara för att se hur det blev, om inte annat.

När Gustav tyckte han klippt färdigt, stod han där bakom med sin oklanderligt runda spegel, i sin oklanderligt vita rock med sina oklanderligt runda glasögon och tillika spikraka bena. Och han log så där oklanderligt nöjt, vill jag minnas.

Gustav kändes som min hovfrisör, kan jag skriva så, om ni förstår hur jag menar?

Men jag förstod nog inte, såhär efteråt, vad han menade med sina förfrågningar innan han tog till saxen. Jag såg ju lika korthårig ut, sommar som vinter! Alla gossar fick samma kollofrisyr hos Gustav.

När jag vaknade upp ur mina minnen, stod Hasse där och torkade mitt nytvättade hår och bara log sådär oklanderligt i den stora spegeln framför mig.

– Hur ska vi ha det?

– Som min bror, sa jag. Ty så rolig är jag.

Hasse är strået roligare, ty han sa…

– Och hur har han det då?

– Bara bra, sa jag. Om du menar klippningen, har du som vanligt fria händer.

– Man måste i alla fall fråga, log Hasse. Det kan bli komplikationer, annars. Du känner till den gamle översten Knarrsparre, Han har jag som kund sedan många år. Han är av den gamla stammen. I början klippte jag bara till, om du förstår, utan att fråga.

Hasse garvade ett tag så det lät som man gnuggade ettans sandpapper och log tydligen till minnet.

– Så jag gjorde processen kort med hans buskiga ögonbryn och fortsatte lika frejdigt över de stora tofsarna han hade av öronhår. Det var riktiga kalufser så jag körde med maskinen. När jag var klar grymtade han något ohörbart och jag vill minnas något som antagligen inte passar sig i tryck. Han betalade och efter höger och vänster om, marscherade han iväg med bestämda kliv.

– Knarrsparre, det är väl den långe, vithårige mannen som talar som en gammal militär gjorde förr, med lite aristokratisk accent, som i gamla filmer?

– Ja exakt, och han är fortfarande kund här. En fin gammal man, något excentrisk kanske, men nu när jag vant mig, är det en trevlig, fin gammal herre. Hur som helst, han kom in tre månader senare och ville bli klippt och jag frågade då som man bör, hur han ville ha det. Han förklarade detta, höjde rösten och sa militäriskt "men ge fan i mina tovsar!"

– Fler skrönor Hasse, önskade jag?

– Du minns killen som lirade hockey i Djurgården och har sin farsa som bor här?

– Yes!

– Farsan hans, klippte jag vid ett tillfälle, i örat till råga på allt eländet. Det var inte kul. Han var en bjässe och hade lirat rugby en gång i tiden liksom fotboll, för Älvsjö AIK.

– I örat undrade jag, du menar väl inte…

– Jo jag klippte honom i örat, inte *på* örat, på limonaden om det var så du tänkte dig?

Jag sårade honom faktiskt på så vis att blodvite uppstod. Jag fick två plus tio minuter i utvisningsbåset för osportsligt uppträdande, sa Hasse och garvade som ettans igen. Men jag har en policy att om något sådant skulle hända, bjuder jag på klippningen samt att kunden får behålla plåstret som minne. När jag tänker efter, såg han nog lite sårad ut, ända in i själen. Men Berglund är en fighter så han kom åter, de var en hårding. Men, då var det Lena som klippte honom, jag var inte där den dagen som tur var. För trot' om du vill, men Lena satte saxen i Berglunds öronsnibb.

– Så hon bjöd också på klippningen, undrade jag?

– Visst, och Berglund är ju som sagt, en seg ordning och gav sig inte må du tro. Det här var i juni, så i mitten av augusti tittade han in för att beställa tid.

– Otroligt modigt, framhöll jag.

Han kanske tänkte tredje gången gillt och nu började han bli en ärrad kund funderade jag vidare.

– Javisst, sa Hasse. Han fick en ny tid absolut, jag är inte knusslig på de viset. Men han tillade innan han utgick, *den här gången vill jag betala*!

Efter stråförkortningen hos Hasse, ställde jag alltså in, kursen ut mot holmen och den bejublande återkomsten till ön igen. Och medan jag delade ut vad gubbarna hade beställt från apoteket Röda Näsan, för invärtes bruk, tittade Lundin, lite medlidsamt på mig.

– Jag ser du gjort dagens klipp på fastlandet och sparat tvåhundrasextio spänn, för du har ett plåster på örat!

Greve Hamilton…

Larsson kom släpandes på tunnan från sitt dass och möttes såklart av gubbarnas spridda kommentarer.

– Jobbar du extra som hygientekniker, undrade Lundin lite försiktigt?

– Kretsloppssanerare, tror jag det heter sa Rutger.

– Flera bud, sa jag för att knorra och vitsa till det.

– Det var väl de roligaste du hittat på, sa Larsson vänd mot mig. Ja, sedan du hade mässlingen, och det var väl inte så kul de heller?

Detta var en typisk jargong mellan gubbsen på holmen. Det gäller liksom att hålla ångan uppe, som han sa kaptenen på gamla S/S Stångskär II.

– Det ska's till komposten, funderade Nisse?

– Kompositör, log Lundin eller majorn, i fråga och såg mer än nöjd ut.

– Inte då, sa Rutger. Oss vänner emellan, så heter det väl Kamratkomposten, eller? Man minns väl tidningen från sitt plugg. Men jag vet inte om dom har någon kompost längre!

När den värsta och aningen tveksamma humorsvadan lagt sig, kunde Larsson bekräfta att det skulle's mycket riktigt till komposten. Han stretade vidare med tunnan från sin el-figga på väg mot som sagt, vår kompostanläggning. Larsson är den ende på ön som har en sådan mugg i bekvämlighetshuset. Det är en mystisk cylinder med en roterande tallrik man ska pricka när man sitter där i all sjöns ro och bläddrar i en sönderläst gammal Strix eller Söndags-Nisse, så man var verkligen lyckligt lottad. Träffar man rätt på tallriken, slungas exkrementerna ut mot den eluppvärmda cylinderväggen, som en karusell, för att torka.

– Det är som att uträtta sitt behov i en torktumlare, i så fall menade Lundin, eller?

Lundin som är reservofficer i kronans och flygvapnets gröna fältkläder, verkade besitta en hel del erfarenhet av torktumlare och dess användbarhet.

– En känsla som att sitta på elektriska stolen, om nån kan föreställa sig upplevelsen, fortsatte han.

Här verkade majorn inte ha samma insikt, kunskap eller erfarenhet, dock.

– Det ser ut som ett stort getingbo, eller lampskärm när man knackar ur skalet då det torkat. Men jag tror inte den gör sig något vidare med belysning. Men dom är praktiskt stapelbara.

– Lampskärm, nä det blir säkert skitfult!

– Kaloriintaget bombar man nog träffsäkert på ka-
rusellen, ökade Tallkrogens flygaress på med.

– Varför har man krånglat till det man arbetar med
och ger det konstiga benämningar? Varför kan inte
Larsson få kallas budbärare när de är det han utför,
just nu? Ja, kanske är det inte all yrkesutövning som
är förändrad i titulaturen, men en del i alla fall. Jag
menar, bankdirektör, det låter som det låter. Därför
har man lämnat denna titel utan åtgärd. Men som det
där du sa Rutger, kretsloppssanerare… bara för att
Larsson bär sin miljöcylinder till komposten, lät det
ju i snobbigaste laget, sa Nisse. Kretsloppssanerare!

– Ja, vad ska det kallas då, transportkonsulent?

– En städare idag, benämns lokalvårdare, tror jag.
Men man skulle ju kunna segla iväg hur långt som
helst på titlarnas ocean om man bara har tillräcklig
fantasi.

– Golvkosmetolog, föreslog Lundin, och log. Eller
kanske partikelkollektörinna. Ja, om golvkosmeto-
logen är en kvinna, alltså. Är det en man, blir det
kort och gott, städare. Då förstår man direkt vad som
är hans eller hennes födkrok.

– Jag brukar dra till med, herr professor Rutger Af
Rynhagen, riddare av Vasaorden sjunde graden, in-
nehavare av elefantorden.

– Men allt de där är du väl inte, undrade Larsson?

– Nej för sjuttsingen. Jag bara bor, på Östermalm och inte har jag några elefanter heller men kan se någon då och då.

– Om man nu skulle sälja gardiner, persienner och markiser, skulle hustrun då per automatik tituleras, markisinna, undrade Larsson?

– Visst, sa Lundin. Och om du till dagligdags kör en schaktmaskin med skopa, så tituleras frugan såklart, grävinna.

– I slutänden, är vi nog grevar och baroner hela högen.

– Hoppsan, sa hustrun som anlänt för att upplysa mig om att det var middagsdags. Jag har förstått vad ni snackar om och jag har tydligen blivit befordrad från köksassistent till den lite mer softade tjusiga titeln, författarinna, eller?

– Men Pettson, han blir bara tomathandlare. Han bor ju ensam och är ungkarl så gammal han är. En skomakare bör bli vid sin läst.

För Pettsons del bör han som sagt bli vid sin tomat, utvecklade Lundin vidare.

– Fel, sa Rutger. Eftersom han är ungkarl, så blir väl Pettson allra minst, friherre?

– Vad var det jag sa, sa Nisse och stoppade sin gamla krokiga pipa med Greve Hamilton.

När Hugin flög i luften...

Det var vindstilla ute på holmen, vilket inte var helt vanligt. I skärgården fläktar det som oftast, för att inte skriva, alltid. Havsbrisen kommer sådär vid niotiden på morgonen för att sedan lägga sig och mojna redan vid åtta på kvällen. Men nu var det alltså, kav lugnt. Inte en krusning. I termometern på Lundins verandavägg så bubblade kvicksilvret med sina trettiotvå grader. Rutger och Nisse var på väg ner till Larssons stuga för att snacka om Rutgers eka som nu låg lite olämpligt på dryga två meters djup. Ekan läcker som en ordinär tesil och kallas allmänt för, "sållet". Sammanfattningsvis, så skulle man kunna säga att den är ganska otät, till skillnad ifrån Rutger. Han skulle mycket väl kunna köpa en hel armada av ekor, om han ville. Vi har påtalat detta fenomen för honom. I varje fall att täta den eka han har. Det är trots allt oftast vi andra, som får bärga henne där hon ligger på botten utanför stora bryggan.

– Slå er ner i mina utemöbler så länge, sa Larsson när gubbarna kom stövlandes, och visade med en inbjudande gest mot hans två soffor. Jag kommer på, så att säga, sekunden.

– Kommer vi för tidigt, undrade Rutger?

Han hade konstaterat att ingen pilsner stod på bordet, medan han placerade sin gängliga lekamen i Larssons klassiska utemöbler modell Gripsholm, fint ska de va!

– Nej då, både år och månad stämmer, ni är verkligen punktliga. Jag ska bara hämta några pilsner.

Nisse lyfte på rumpan och vände sig om för att kolla in möbeln han suttit i.

– Är det här en *Gripsholm*, eller kanske en *Utömöbel* vi sitter i?

Nere vid bryggan backade just Västan ut och signalerade tre gånger. Ett antal trutar lyfte skriande hän över hällarna för att slå följe.

– Finns det gula kort för dåliga vitsar undrade Rutger? Utömöbel, var ta mig fan de dummaste jag hört sedan majorn kallat soffan, för samma sak. Jag sa, utemöbel!

– Nej, gula kort får man bara för otäta ekor, kom repliken blixtsnabbt från Nisse.

– Nisse kunde få ett rött, sa Larsson som just anlänt med lite förfriskningar värdigt sommargrannar.

– Ekan tätar ju där den ligger. Borden sväller och ekan blir tät, påstår Rutger. Ett tradigt patentsvar, och ett något primitivt planerande.

– Visst, säger Nisse som håller med. Det är bara de att du behöver grodmansutrustning för att kunna ro ekan där den nu ligger.

– Bärgar vi den försiktigt, fortsatte han, kanske vi även får med en abborrluring på säkert fyra hekto som brukar stå under aktertoften. Jag har sett den ifrån stora bryggan. Rutger, du brukar väl använda sållet när du fiskar. Nu har du ju redan middan i båten.

– Putäll, som kolingen uttryckte sig, sa Larsson och fäktade undan en geting medan han lyfte pilsnern.

– Putäll, sa Nisse och Rutger tvåstämmigt så det lät riktigt vackert.

Nu hade gubbarna två enträgna getingar surrande runt bordet där de satt.

– Sickna envetna rackare, sa Larsson och gick för att hämta en sprayflaska med Radar, insektsgift.

Pzzzzzzt… lät det när Larsson tryckte ner knappen på sprayburken. Pzzzzzzt… men getingarna gjorde bara en liten större lov kring bordet och såg lite härsknare ut.

En mygga som befann sig olyckligt nära giftmolnet, gick i störtspiral rakt ner i bordet som en japansk Kamikazepilot.

– Jag har det, sa Nisse. En flugsmälla så klart, eller ännu bättre, ett badmintonrack, så du är säker på att träffa.

Larsson ilade iväg för att strax återkomma med ett, tennisracket av den typ som Björn Borg använde sig av då det begav sig. Med racketen, modell äldre med träram, startade så Larsson sin match mot getingarna. När den första getingen anföll, slog Larsson in en dödande smash och getingen föll mot marken på tre ställen.

– Fifteen – love! ropade Rutger.

– En Råholmens egen Björn Borg har siktats, ropade Nisse när han såg sin sommargrannes färdighet.

– Där kommer en till, sa Rutger och pekade.

Larsson ställde sig beredd att med en dubbelfattad backhand ta emot. Swissssch, lät det när Larsson slog sin raka backhand och getingen seglade ner utanför vänstra sidolinjen, tvådelad, bland syrenbuskarna.

– Thirty – love! ropade Rutger som nu med Nisse i släptåg, hade avancerat fram till förstukvisten.

– Snyggt baslinjespel, Larsson. Du är ett oslipat ämne!

– Du måste ha något getingbo någonstans i närheten, sa Nisse, öns analytiker.

– Getingbo, sa Larsson och släppte koncentrationen?

– Just det.

– Du kommer att få stå här hela sommaren för att smasha getingar, menade Rutger. Vi måste försöka se var de kommer ifrån eller vart de tar vägen.

– En ny ilsken geting kom farande och Larsson missade grovt med sin forehand, men lyckades reta det randiga flygfäet ytterligare, som vände och stack Larsson vid armbågen.

– Thirty – fifteen! gapade Rutger för att göra ett försök att överrösta Larssons gastande efter djävulen själv och hans anhang av drängar och annat löst folk, samt fan i egen hög person, plus en ingiften faster.

När Larsson hade hämtat sig och kylt ner det ondaste med en påse iskuber, var han på riktigt krigshumör.

– Nu jävlar i min lilla låda, sa han och höll ett stadigt grepp om racketen i backhandsläge och sprayburken i högerhanden, nu har dom skitit i det blå skåpet!

– Larsson, sken Nisse entusiastiskt, jag har det. In efter dammsugaren, getingarna smiter in här i en springa vid förstukvisten.

Larsson var snabbt tillbaka. En dammsugare gjorde entré på centercourten. Det stod Hugin på den, med extra långt rör och allt, i högsta hugg och beredskap.

– Berta blev glad men förvånad, när hon såg att jag plockade fram dammsugaren. Hon hade nickat gillande.

– Där, pekade Nisse mot springan vid farstutaket, och tryckte på knappen så Hugin började väsa.

En geting kom just krypande ut ur springan, men var för långsam för Larssons snabba rörelse med Hugin. Slurp, sa det och så försvann getingen in i dammsugarens innersta gömmen. Ytterligare en geting, lyckligt ovetandes om det tidigare slurpet, men som möjligen hann känna suget, gick samma öde till mötes.

– Vilket drag, hojade Nisse!

– Ta den där som är på väg in för landning, pekade Rutger, och med ett slurp var även dennes saga all.

– Att man inte kommit på det här tidigare, sa Larsson och tittade på sin ömmande armbåge som nu även svullnat lite.

– Typisk, sa Nisse lakoniskt diagnostiserande. Typisk, epicondylitis lateralis.

– Och, sa Larsson?

– Tennisarm, förklarade Nisse.

Efter bara en halvtimma, var det tomt.

– Nu var det roliga slut på getingar. I alla fall på den flygande delen av dem.

– Tänk om dom inte kolat av, sa Larsson och nickade mot Hugin samtidigt som han fingrade på sin ömmande armbåge. Tänk, om de nu på ostadiga ben, kommer utkrypande ur dammsugarslangen inne i städskåpet, med mord i blicken. Då skulle inte Berta bli särskilt glad.

– Enkelt åtgärdat, vi gör bara så här, sa Nisse och hämtade sprayburken med Radar. Han startade dammsugaren och sprayade rakt in i röret som girigt sög i sig giftmolnet.

Poff! Lät det lite dovt och dammsugaren gjorde ett litet skutt och tystnade. Gubbarna stod förundrade och tittade på Hugin som just flugit i luften. En smal gråblå rökslinga, snirklade sig upp och ur innandömet och försvann uppåt med en stickande odör efter sig. En utslagen tulpan, skulle te sig lite futtig i allt väsentligt.

En gnista från elmotorn i dammsugaren hade antagligen fått drivgasen från sprayburken Radar, att explodera.

– Vad ska jag säga till Berta nu, undrade Larsson?

– Säg som det är. Hugin flög i luften, men getingarna har flugit färdigt, log Nisse.

En liten prästkrage...

Råholmens grönaste fingrar ägs av, och sitter förvisso på, Rutger och Ruth Rynhagen, född Cleve, om du undrar. Deras hemmaplan annars är å Öfre Östermalm och nyttjandet av sina gröna fingrar skulle hysa ytterst begränsat utrymme att pyssla med sin gröna hobby om de inte haft sitt sommarhus på holmen. Deras blomlåda på balkongen, ger allena ett tunnsått och aningen begränsat utrymme för fritidsodling.

Det finns nog inget som dessa trevliga sommargrannar försökt odla upp och som misslyckats. Jo kanske, förresten. Men då kan man nog skylla på öns karga och minst sagt, magra jordmån, fri från mull, mylla och humus.

Ett tidigare år hade Rutger sått massor av prästkragar, men resultatet blev konstigt nog inte så mycket som en tistel. Där var det en plump i protokollet. Men Rynhagens kom ut till holmen med

Tänk om släktingen hade varit boxare, hade Rutger planterat blåklockor då, sa Nisse?

– Om han legat vid pansarregementet P18, hade dom säkert planterat löjtnantshjärtan, hade troligen vår reservofficer menat om han varit närvarande, sa jag.

– Kanske man skulle satsat på gul fetknopp, plantor som skulle ge herrskapet ståtliga prästkragar av kolossalformat. Enligt plantskolan skulle ju deras Leucanthemum vulgare kunna bli ända upp till minst 70 centimeter över havet.

Den gamla jorden i rabatten, som de hade försökt driva upp sina frön i, grävde Rutger bort. Lundin hade bockat och tackat samt kärrat över den bortgrävda jorden till sin lilla täppa vid husknuten.

I år hade det grönskat frodigt hos Rynhagens, men just mer än frodigt grönt, blev det inte. Visserligen hade Rutger med tumstock, mätt upp maffiga plantor på 80 centimeter i strumplästen. Men, det var inte mycket till själva blomningen.

– Ser ut som ett knippe pilsnerkapsyler, menade Nisse, som har blick för sånt.

– Möjligen har Rynhagens val av växtlighet, en anknytning till en släkting, sa Larsson. Han, jag tror det är en sådan, lär vara präst på Gotland. Men skulle det verkligen finnas en jätte till präst på Gotland? Kunde räckt med en vanlig ordinär prästkrage om det nu skulle vara något i blommig klädväg, om du frågar mig. Visste inte att Rutger var så sakral och bevandrad att han drog parallellen med präster, prelater och svartrock på Gotland, med en vanlig snittblomma.

– Då har du inte sett Ruth'ans morbrors bror. En liten, minst sagt rundlagd herre. Han är den som sköter den där vertikala kontakten, och är alltså prälle. Tänk om släktingen hade varit boxare, hade Rutger planterat blåklockor då, undrade Nisse?

– Om han legat vid pansarregementet P18, hade dom säkert planterat löjtnantshjärtan, hade troligen vår reservofficer menat om han varit närvarande, sa jag.

– Kanske man skulle satsat på gul fetknopp, eller Ölandstok. De är lättodlade båda två, klämde Nisse till med som final.

– Ölandstok på Gotland, grubblade Larsson?

Bilden på växterna ur plantskolans katalog Rutger visat oss, var med enorma blommor, men ändå inte mycket större än ett kaffefat. Och Ruth och Rutger hade säkert följt alla råd och tips som plantskolan i Tungelsta föreskrivit dem. Under normala växtförhållanden, skulle deras kragar prunkat där i all sin prakt till midsommar. Prästerligt och oskuldsfullt vita. Men när man planterar saker ute i skärgården, så är det inte under normala förhållanden. Allt är försenat ute vid havet ett par veckor under våren, men det är alltid väldigt behagligt om hösten istället. Ja, även om det blir svart som karbonpapper om kvällarna.

Men nu var det som sagt jätteprästkragar Rutan ville ha till midsommar, så hon drömskt skulle kunna plocka blomblad för blomblad… älskar, älskar inte, älskar… till ett snöflingevitt flingande. Det var bara ett måste, trots att hon redan visste svaret och trots att det var synd på så rara midsommarblomster. Våren hade varit usel och råkall ute på holmen och allt verkade vara försenat. Det var först nu, värmen hade börjat komma, även på Råholmen.

– Jag tror allt är lite senare här ute denna vår, menade Larsson. Men man får vara glad det inte är skidföre. Jag hörde av Sjöblom i morse att dimman var så tjock på sina ställen utanför Gökgattet att sikten var noll, så fiskmåsarna var tvungna att gå till fots. Men, inte vet jag om det är sant, Sjöblom skarvar en hel del ibland.

Över hällarna ner mot Rynhagens kåk kom Lundin gnisslande i sina nya stövlar. En soppadunk i den ena handen och ett bambuspö i den andra.

– Jaså, majorn är den som ska fixa middan idag, undrade Larsson?

– Stämmer, men det kommer inte bli isterband, även om isterband är onödigt gott med rödbetor, stekt potatis och fyra raska, garvade han tillbaka. Isterband special. Tror inte isterband nappar på daggmask, för övrigt.

Ska väl vara persiljestuvad potatis, undrade jag för mig själv...

– Vi står här och beundrar Rutgers jätteprästkragar!

– Inget annat, undrade Lundin och hängde blicken vid Rynhagens kravatt. En blick som hämtad ifrån Dramatens elevskola som vanligt. Vände sig frågande om och undrade, vilka kragar?

Larsson pekade mot den gröna vegetationen med sina pilsnerkapsyler.

– Det var inte mycket till prästkrage, eller halslin, det där, sa majorn efter sin besiktning av det gröna. Ganska komiskt med prästkragar eftersom Maggans farbror Henning Steen som ju är präst, var ut till ön innan midsommar.

– Han har väl inte möjligen inte pastoratet på Gotland, undrade Larsson?

– Nä i Farsta, tror jag. Hur så?

– Tänkte bara...

– Ni skulle sett våra prästkragar i midsomras, fortsatte han. Det kallar jag prästkragar det, inte som Rutgers kapsyler. Jag kärrade ju hem jorden Rutger öste ur sin rabatt förra våren och planade ut vår lilla täppa vid husknuten med den. Säkert fanns alla frön han vräkt ner, kvar i denna jord och liksom förgrott, hos sig. Nu kom vår lilla husknut att explodera med ståtliga prästkragar lagom till midsommar i år. Hade jag bara vetat, kunde du fått några plantor av mig Rutger som tack för jorden. Det växte som ogräs, så prästkragar de var. Som sagt, vi hade nu väldigt gott om dom i midsomras.

– Vad tyckte Maggans farbror om prästkragarna, då?

– Henning Steen? Jo, han tyckte det var vackert. Nästan som en altartavla. Härlig äro jorden, sa han. Jag som inte hade gjort någonting, bara kärrat hem och planat ut, avslutade majorn lycklig. Jag gjorde ingenting!

– Nähä, sa Rutger och suckade. Det fattades bara det.

Harry Lime Theme...

– Vilken dag alltså… pustade jag lite frågande?

– Det är väl måndag, tror jag. Varför undrar du det, sa majorn och såg klurig ut som bara han kan?

Så där rolig är han allt som oftast vår major. Han kan dock, måste sägas, bli lite prövande i längden. Gubbarna var samlade nere vid Rynhagens sjöbod och besiktigade hans nya leksak, en vattenskoter.

– Det går väl i ett endaste huj att lägga långreven med denna, undrade Nyllet?

– Fyra huj prick, sa Lundin, eller majorn. Det måste vara Råholmsrekord. Nilsson, fortsatte han och nickade bort mot bänken där Nilsson me' Vegan satt, Nilsson hade rekordet tidigare, på två Dalalätt!

– Man har ju trots allt varit med ett tag, men *fyra huj* prick, vad innebär det?

– Fyra pilsner, enligt gängse rättesnöre och stadgar.

– Suck!

– Nån speciell sort, ville jag veta. Ja, på pilsnern? Vad säger reglerna om det?

– Jo enligt reglerna… som jag nu glömt, man glömmer så lätt så här års. Har tyvärr inte en susning.

– Du grabbar, fortsatte jag. På tal om susningar. När jag var in till magasinet för att handla, glömde jag bort vad virren hette jag tänkte handla. Inte en susning! Va, man bara sumpade, plötsligt. Fattar inte vilket svarthål man hamnade i, men det var väl för att även vårt magasin nu är som ett snabbköp?

– Vad var det som hände?

– Alltså, jag står där å kollar på alla destillat och sorter… bara det är värt en entréslant, när den nye föreståndaren av yngre årgång dyker upp med undrande min…

– Något speciellt du söker?

– Ja, jag letar efter en whisky jag inte minns namnet på just nu! Jag tror det var en grön flaska! Hoppades kunna känna igen den om jag såg buteljen.

– På så sätt. Och du hittar den inte på hyllorna, menar du?

– Inte ännu i alla fall!

– Är den skotsk, amerikansk…

– Skotsk, ja jag vet inte men tror att den är skotsk. Du vet, det var ju han... han som var första VD för filminstitutet tror jag, vad hette han nu? Äh, du vet va?

– Noop!

– Men han med cittran då, vad hette han nu då? Anton, tror jag! Han lirade en låt på cittra, med namnet på honom som föredrog denna whisky framför andra, jag nu letar efter. Namnet finns i låtens titel... den känner du väl till i alla fall?

– Hmmm, näe!

– Inte? Du är för ung, det var ett gott stycke före din tid. Men du, han var gift med den där skådespelerskan som... äh, jag kommer tillbaka om jag kommer på vad det var hon heter. Men jag ser att den dekokt jag söker, har du inte på hyllan i alla fall.

– Okej, återkom om det tänds någe ljus!

– Du, nu minns jag, Ingrid Thulin!

– Ingrid Thulin, vem är det? VD för filminstitutet?

– Nej, nej. Det är hon som var gift med honom som jag inte kommer ihåg namnet på just nu... shit! Men dom bodde inte ihop... dom var bara gifta.

– Nu kom jag på namnet. Ha, så var det.

– Jaha, vad heter den så kan jag kolla på datorn om vi för den sorten!

– Harry Schein! Harry, som i låten The Harry Lime Theme, från filmen Den Tredje Mannen och som Anton Karas lirade på sin cittra i filmen.

– Harry Schein... ingen whiskysort väl?

Det var tyst i hela butiken. Alla undrade.

– Nää, men det var han som dagligen tog sig en stänkare av, denna superba dryck som jag inte kommer ihåg namnet på!

Rynhagen viftade högt och tydligt med armen, precis som han fått lära sig i skolan om han ville fråga eller svara på något. Han missade bara att knäppa med fingrarna.

– Han hade en annan last också sa Rynhagen, när han väl fått ordet. Rutger är vår kännare på området whisky, och har gått någon form av kurs i ämnet. Om man nu kan säga att det är en last att ha en förkärlek till ett speciellt whiskymärke sa han, så var den andra lasten, cigaretter. Han bolmade som en skorsten på, eh… på.

Nu sumpade *jag* namnet sa Rutger! Är det något som går? Men, jag kommer inte på vad det var han hette!

– Vilken han?

– Ni vet, supermannen som något egenartat byter kläder i en telefonkiosk, Clark Kent, journalist. Den där seriefiguren, Clark Kent... Kent, rökte han! Nu kom jag på det också! Harry Schein blossade, Kent!

– Stålmannen, sa Lundin och log. Här finns det en kis som minns och kommer ihåg.

– Ett fartyg tror jag syns på etiketten, vill man påminna sig, fortsatte jag. Ja, på flaskan!

– Du kanske skulle börja på magasinet, sa majorn? Och då menar jag inte Seriemagasinet.

– Tänk att jag inte kan komma på namnet på den där whiskyn, hade jag sagt till föreståndaren, fortsatte jag min berättelse för de lyhörda gubbarna.

– Jaha, ja! Inget annat då, hade föreståndaren undrat?

– Jo! Dom levde som sagt som särbos. Hon i Italien och han i Sverige. Men du kanske menade något annat jag skulle handla, hade jag svarat?

– De var närmst det jag tänkte på ja… säger han då.

– Jag ska berätta för dig när jag kommer på namnet på Harry Scheins livselixir. Men du, glöm inte den här historien för andra kunder som lite service, om dom frågar efter Harry Schein och hans dricka, blinkade jag innan jag gick?

– Nä nä, sa han och såg aningen förvirrad ut!

Ha ha, vilken min, dråplig!

– Nu tror jag mig ha spårat den där whiskyn som du berättat om, sa Rynhagen glatt och bläddrade i sin iPhad. Vi snackade om den sorten på kursen. En kollega tipsade mig om att det kan väl kanske vara, Skeppets Whisky, du menar? Men, den har inte funnits sedan 1970, tror jag. Jag har läst på en del om denna whisky som kom de året Wasa bärgades och man trodde därför på en bra försäljning. Det var de också till en början. På ett par veckor hade man sålt slut på det första partiet. Men, det var många beska röster om resultatet. Värst var tidningen Expressen som skrev: "Inget har mindre att göra med whisky än denna förfärliga dekokt.

Vad säger hälsovårdsnämnden, och giftstadgan?"

– Ja det var ju en rolig story för sig, men den whiskyn skulle aldrig Harry konsumerat. Näe, Harry Schein var en finsmakare, sa jag.

Jag var inte ensam tröskelglömmare denna dag på magasinet, ska ni tro. En äldre dam ifrån vårdboendet intill centrum, kom farande på två hjul med sin rullator in till kassörskan och lade på en tvärnit. Hon snackade om en stark dricka hon inte mindes namnet på, men hade haft den till sill!

– Stark dricka, hade hon undrat, hon bakom kassaapparaten. Brännvin, kanske?

– Ja just, så var det.

– Någon speciell sort?

– Näe, jag minns inte, det var en stor text på flaskan…

– Kanske Renat? undrade kassörskan.

– Det var något segel eller segelbåt på etiketten, tror jag.

– Explorer, kanske?

– Jamen visst så var det, sa gumman och slog ihop händerna som om hon fångat en fluga. Explosion, var det!

– Ska vi ta en sådan då?

Gumman verkade fundera ett tag, men så…

– Ja tack, en liten en kan jag allt ta, sa hon och slog fingrarna i handflatan igen så det riktigt klatschade, en trettiofemma explosion!

– Jaha tack, då blir det 108: - kronor.

Gumman betalade och drog iväg på sin rullator. Men hon hann inte långt, innan man ropade efter henne…

– Hallå, du glömde din explosion!

– Ha, ha, frustade majorn. Det verkade vara en gumma med krut i, eller explosion.

– Nu, kom jag på vad whiskyn heter, log jag! På etiketten så är det ett fartyg. Ett segelfartyg, mycket riktigt.

Magasinsbossen log och rättade till anletsdragen samt avvaktade vidare information.

– Det måste varit ett klipperfartyg troligen, som seglade åt det Brittiska Ostindiska Kompaniet på senare delen av 1800 talet, klämde Rynhagen in medan han nu bläddrade vidare i sitt elektroniska blädderblock. Köl av alm och bord av teak… en pärla helt klart bland träslagens träslag och alla hobbysnickare.

– Whiskyn heter, Cutty Sark!

– Vilken whisky, undrade Lundin, som tydligen blivit smittad. Var inte det ett segelfartyg?

Spagetti speciale...

Det fattades bara en darrande mandolin och den där skönsjungande som kvad Bella Notte, i filmen om Lady och Lufsen, för att bilden skulle vara fullständig. Ni minns den där förtrollade kvällen när det två hundarna bjöds på spagetti speciale och en massa frikadelli, på Tonys Ristorante?
Jag satt på en Ristorante, inte Tonys kan jag berätta, men ändå med spagetti speciale som sitt särdrag. Jag kikade runt bland matgästerna med antagligen en road min. Här satt en mängd mänskliga kopior av Lady och Lufsen än jag sett någonsin tidigare vid samma tillfälle. Man undrade, hade dom årsfest? Nää, det var lunchtid och både inkastaren, gästerna samt vädret, var på sitt bästa humör. Det som antagligen gav mig den roade vinkeln i mungipan, var vilken teknik man försökte förtära sin spagetti. Varje julafton har jag under många år sett hur Lufsen visar sin cockerspanieldam hur man gör för att suga i sig en spagetti speciale på tv. Mina bordsgrannar hade

minst sagt blandad teknik ska jag säga. Jag tror, med en vild gissning, mig veta med vilken teknik och finess, italienare använder sig av då det helgar sitt hemlands pastakök. Jag har sett på någon reklamfilm, hur de elegant snurrar med en gaffel, spagettin till en liten boll. Sånt, fick inte Lufsen lära sig av sin gode vän, Tony. Här serverades spagettin med en dukad sked vid sidan. Sked tänkte jag. Äter man spagetti med sked och hur går det till i så fall? Testa det någon gång. Att äta spagetti med sked, måste vara som att äta filmjölk med pinnar. Man är en genuin novis på området, som ni förstår.

Två bord bort, uppvisades dock en briljans inom konsten av en ung förmåga, student möjligen eller någon form av mäklare, med en gammal sliten portfölj vid sina fötter. Det är också mode. Nya portföljer göre sig icke besvär, är trenden. Den ska påminna om farfars skolväska från lärotiden. Hursomhelst, denne adept snurrade galant lagom munsbitar med gaffeln i den kupiga delen av skeden, om jag nu får uttrycka mig så.

Vid en snabb koll, var det detta man försökte sig på vid de flesta av bord.

En lång, smal fortbildare i mellangrå kostym och ljust grå slips, hade lyckats få all spagetti hopsnörd till ett behändigt klot av en handbolls, storlek där gaffeln stack ut som ett skaft. Jag har aldrig sett en handboll med skaft i och för sig, men den här handbollen hade det. En bedrift bara de och jag var nästan i färd med att ta upp en spontan applåd. Nu gör man inte så med normal hyfs och uppfostran. Jag kan berätta att fortbildaren med frenesi samt kniv och en ny gaffel för att, som det verkade, tranchera handbollen. Själva slutresultatet blev en snyggt färgsatt slips. Mycket påminnande om tomatsås och oregano. Han satte därmed lite färg och krydda på tillvaron den dagen.

Ladyn vid bordet intill, försökte sig nyss på att suga i sig ett spagettisnöre. Hon såg närmast ut som hon spelade oboe i Kungliga Filharmoniska uppsättningen av Mozarts Concerto i D-moll. Hoppas filharmonikerna spelar med bättre resultat än vad Ladyn lyckades med i sitt insug av pastan. I mina ögon en grande finale i pianissimo över nästippen. Elegant!

Jag kom att tänka på Nylunds bravad ute på ön, då han skulle måla stugan. Han hade bockat en klädgalge av ståltråd till formen av en visp, som han monterade i borrmaskinen. Sedan var det bara att köra ner galgen i den stora färgburken. Den nya Falu rödfärgen skulle röras om ordentligt stod det på burkens anvisning innan rödfärgning påbörjas, hade Nylund läst. Nu hände det som han inte hade tänkt sig. Rödfärgningen startade redan innan den egentligen hade börjat. Galgen hade fungerat mer som en propeller istället för en visp som var meningen.

som var meningen.

Det mesta av burkens innehåll spreds över väggar och tak i hallen och även Nylund och hans nylle, fick sig en släng av sleven, eller propellern, så att säga.

I en vecka gick han omkring och luktade lacknafta och Lundin, eller majorn, tyckte Nyllet såg ut som han hade mässlingen, gamla karln. Säga vad man vill om Nyllet, men en färgstark person på ön, det har han blivit.

För att återgå till spagettin… det är onekligen en konst att äta slingrig spagetti på ett sobert vis med vita linnedukar och dito skjorta. Det har sina risker.

Finns det inte någon sorts utbildning för hur man ska få i sig dessa slingrande snören och mjölprodukter?

Den uppmärksamme och nyfikne läsaren undrar såklart hur jag själv klarade denna vanskliga övning på pastakrogen?

Ja, det tarvades inte så mycket artisteri från min sida, jag valde mitt kaloriintag ur menyn för á la carte utbudet.

Verktygen blev för min del den traditionella kniven och gaffeln, för de halstrade fiskspettet med pilgrim-smusslor, lax, tigerräkor samt de smörslungade champinjonerna.

Det krävdes därmed inga större åthävor för att låta mig väl smaka av denna anrättning. Det var någon krona dyrare, men underhållningen man bjöds på under lunchen var ju gratis och magnifik.

En gurka i Västerås...

Utifrån fjärden såg vi Stångskär komma in mot vår brygga och avbröt för en stund vår vilda fundering om vi skulle lägga långreven väster om Upphällens fyr, eller öster om fyren, på kvällen.

– Man funderar alltid på vem som kommer med båten, grymtade Nyllet lagom högt?

Nyllet, är vår nyaste ögranne och heter passande nog, Nylund. Stångskär kom med den uppgående solen akterifrån så det var en tjusig siluett vi såg med gnistrande vågtoppar i det skummande bogsvallet.

– Hur var det i den stora staden då, undrade Nisse i min riktning, puffade på sin pipa och hostade i vanlig ordning lite generat.

– Ja, vad gjorde du där undrade Nyllet, det var väl inte bara för att se om stan låg kvar?

– Jag var på vårdcentralen för att lämna ett litet prov hos vampyrerna. Undrar om dessa små varelser har något att tappa mig på nästa gång. Men det var som vanligt ganska kul att sitta där i väntrummet, fortsatte jag. Det händer så mycket lustigt och man ser så många härliga karaktärer. Där skulle man lätt kunna underhålla sig en hel dag. Ja, om man vet vad man ska titta efter, och inte vara så krasslig själv så det stör. Ja då kan det vara sjukligt kul, så konstigt det nu än kan låta.

När man sitter där och väntar kan man ju roa sig med en så enkel sak som att se hur besökarna tar sin kölapp, till exempel. Det är ett konststycke i sig att bara snappa åt sig en kölapp, ska ni veta.

– Kan man verkligen roa sig i ett väntrum för provtagning, funderade Nyllet. Det måste vara mer oroligt än roligt, om du frågar mig.

– Nej, man får inte vara vissen själv för att sitta där. Det sa jag ju. Lämna det åt pelargonen i fönstret. Det gäller bara att se sig om i den ödesmättade stämningen som råder i väntrummet. Det kom en liten gumma med rullator och hon hade synbarligen följt uppmaningen att kränga på sig sådana där blå påsar över skorna, skoskydd, ni vet. Det finns en skylt när man kommer in på vårdcentralen som uppmanar att man ska använda de blå påsarna, ja skoöverdragen. Det hade regnat tidigare på morgonen så det var lite blött och kladdigt ute.

Gumman hade varit så ordentlig där hon kom och hennes skor lämnade inte ett spår efter sig. Men det blev tydliga ränder efter hjulen på rullatorn där hon gått, men uppmaningen att använda skoöverdrag, den hade hon följt. De var en redig liten rar gumma. Fler som kom, antingen till sjukgymnastiken eller bara för besök hos någon leg. sjuk. sköt. och hade rullator, gjorde som gumman tidigare hade gjort. Strax såg korridoren ut som en mindre rangerbangård vid Södertälje Central. Det var spår överallt på golvet.

Själv kom jag på mig en gång, halvvägs till parkeringen, att jag fortfarande hade de blå påsarna över skorna. Ja, skämmigt. Det var aningen iögonenfallande.

Hemlige Henning, är ett annat exempel och som är en ganska vanlig typ. Han smyger sakta fram mot kassetten med kölapparna. Ser sig försiktigt och avvaktande omkring. Plötsligt sker allt blixtsnabbt. Ritsch, som en alert kobra, vaken och på hugget. I nypan står han sedan med en hel remsa av kölappar. Han får inte bara en, utan flera följer med och där står han nu, förfärad och till synes skamsen med något som ser ut som en serpentin, i nypan. Allt hade utförts snabbare än en blinkning.

Han spanar sig skamset omkring, precis som om han nyss exempelvis, skulle ha uträttat sitt tarv mot Janssons staket. Han vet så väl att han inte borde, Jansson har ju elstängsel.

– Jansson, är det någon ny på ön?

– Nää, Jansson är fårfarmar'n ute på Järflotta, han har elstängsel. Pinka på ett elstängsel ska du få se på fan, det funkar bättre än Viagra, tro mig!

Den här dagen på Landstingets inrättning för provtagning, satt en liten farbror mitt emot mig, inte mycket äldre än jag, men med en liten glasburk mellan händerna. Hans eviga snurrande på burken fick mig att undra vad den innehöll, eller vad det var för burk. Burken hade ett grönt lock och såg bekant ut på något vis. Jag tyckte mig se att det kunde stå Felix, på burkens lock. Han måste läst mina blickar.

– Ja, det har varit saltgurka i den tidigare, nu är det bara prinskorv… menar, ett pinkprov.

– Hela livet är väl som ett enda väntrum, sa Nylund melankoliskt och följde horisonten med blicken. Eller pinkande, fortsatte han efter ett tag och log ett snett leende. När jag målade grinden och staketet, fick jag höra, *det var inte illa pinkat*! Och hur många gånger har man inte hört att *man ska pinka in sitt revir*? Den skära färgen på årets julgran, den är *pink* i England, ifall ni undrar. Men för fan, det kunde vart värre. Ja inte för jag vill lägga gurkan i blöt, men ändå. Hur gick det för gubben med burken?

– Jo han linkade iväg för att uppsöka en toalett, tror jag. Gurkan hade han väl med sig eftersom han skulle uppsöka en toalett, men burken stod kvar. Det finns en toalett i korridoren för personalen som man måste ha nyckel till. Antagligen var inte personalmuggen låst, för han försvann in där. Sedan såg jag honom inte mer under tiden jag var kvar. Jag har inte sett honom sedan dess heller vid närmare eftertanke. Kanske något för Missing People, vad vet jag. Kvar på bänken där han suttit, stod bara en ensam glasburk från Felix som det varit saltgurka i.

– Saltgurka, sa Larsson som plötsligt fått luft. Jonstorpar'n åker till Brinks ute i Kimstad, en hökare i Norrköping, för att handla sin saltgurka. Men då köper han en hink så det räcker över helgen. Kanske i mastigaste laget om man sedan bara ska lämna ett litet urinprov, förstås. Jag menar att komma med en hink.

– Det är ju de jag säger, hela livet är ett enda pinkande. Till och med Kungen gör det, sa Nyllet och log igen. Det är ren och skär sanning!

– Hur hamnade vi här och hur hamnade Gullet där, undrade Lundin medan han pekade ut i viken.

Lundin hade konstigt nog suttit tyst flera minuter. I Nisses eka satt hans huskors Gullet och hade lyckats med konststycket att tappa en av årorna i drickat så den flöt iväg. Hon hojtade och viftade utifrån ekan för att påkalla uppmärksamhet.

– Hon skulle använda årorna för att visa att hon kunde ro, log Nisse och puffade vidare på sin pipa.

Men det är betydligt lättare om man då har två åror,
log han vidare.

Men nu har jag fått lite ro, en stund.

– Du kanske skulle hjälpa henne, sa Nyllet?

– Då lär hon sig aldrig. Har hon tagit fan i båten, får
hon nog se till att ro honom iland också. Men, hon
får hållas ett tag till sedan plockar jag upp henne
med lillbåten. På tal om gurkor, så är Gullet från
Bälaryd innan hon flyttade till Västerås. Vad Bäla-
ryd egentligen har med gurkor att göra det vet jag
verkligen inte, men Västerås.

Varför är det så hemligt?

Larsson gillrade upp Lundins ensamma åra för att hänga en kulört lykta på toppen av åran till årets och aftonens begivenhet. Ett kräftkalas som traditionen bjöd ögrannarna på i augusti, var ingen hemlighet på ön.

Lundins ensamma åra är om inte en milstolpe, så i alla fall en lyktstolpe vid den årliga traditionen. Åran har hängt med ett tag eftersom den är tillverkad av gedigen gran. Öns vandrande pinne, anser Lundin själv. Det är bara för att vi använder hans åra på lite olika platser runt om på holmen. En slags stafettpinne, möjligen.

Pettsons katt brukar visserligen vässa klorna på årbladet då han tycker det blir för långsamt, annars används den inte annat än till lyktstolpe. Vår major har ett par nya fina åror numera. Vi lyckades elda upp, av rent misstag, en av hans åror vid majbrasan ett år. Men vi salade till nytt gransegel samma vår. Hans återstående åra, är den vi nu brukar använda att för behänga kräftlyktan på.

Det såg ut att bli fint väder till kvällningen, och då menade vi uppehåll och ingen nordostan, utan endast en laber bris, sydväst ifrån. En välregisserad prognos för utomhusvistelse i skärgården samt kräftskivor. Med lite skeppargrädde mot huggorm och rematisten, som han Hengström sa huppe i Grissle'amn, gör hinte hont och här hingen 'emlig'et ut på 'olmen.

Hemlighetsfulla var dock herr och fru Rynhagen som satt på andra sidan sjöbon och tisslade. Man kanske satt och laddade för det väntande kräftkalaset. Rutger hade ju fått det delikata uppdraget att göra ett inköp på apoteket Röda Näsan, vilket han ansåg sig med bravur och finess klara av, de var ingen hemlighet.

– Minns bara julafton hemma hos Lundin sa Larsson. Ja jättetrevligt som vanligt. Men varje gång vi skulle ta oss en stänkare, fick vi tassa ut till majorns fågelholk. Det kändes som man var efterlyst av den där, Hasse Aro i tv.

– Jamen, jag tycker det var fiffigt. Majorn sa ju, då vi tyckte det var dags för en knaber, *jaha om vi kanske skulle gå ut å pinka, gubbar,* mindes Nisse. Alla hade sett nytra och pigga ut när vi småningom samlats kring fågelholken på vedbodsväggen. En fågelholk för alikor. Gubbar som långt ifrån såg ut som några debutanter. Jag minns att det bara var Nyllet som inte hängde med riktigt. Han gjorde ett litet vilset intryck. Men Nylund är förlåten eftersom han ju är bara är en gröngöling på ön. Han kommer lära sig, yea men!

– Som tur var, bidrog jag med, var det ingen av våra äkta hälfter som märkte vad vi höll på med. Men det var ju också halva nöjet. Dom sa i alla fall inget, eller så följde dom den gamla devisen, *en svensk tiger*!

– Man skulle kanske snickra sig en holk, funderade Larsson? Det ser väl oförargligt ut, jag menar att slöjda ihop en holk för en gök? En liten skräddarsydd låda med dolt gångjärn till luckan där de får plats ett eller ett par järn, lite halvhemligt så där.

– Men varför ska det vara så hemligt, med det heliga? Ett tag var de väldigt tabu betonat. Idag är det lättare och ledigare samt helt avdramatiserat. Tidigare smög man runt den där gröna skylten lite skamset. Men vill man träffa sina grannar som man annars aldrig ser, ja då ska man ta sig en tur till magasinet.

Lundin skakade på huvudet och log åt det allmänna berättar flödet.

– Det finns fortfarande de som smyger i busken.

– Finns det, undrade Larsson?

– Jodå, det finns de som kör med de stora, försiktighetsmåtten för att inte bli igenkänd eller synas med så att säga fingrarna i syltburken. Kepsen nerdragen djupt i pannan, rockkragen uppfälld samt mörka solglasögon för att inte vara så iögonenfallande. Resultatet blir dock tvärt om. Ja käre tid, tänk om någon granne fick se att man handlade ut? Ni vet Nordin, han med äppelknyckarbrallorna, han tar bilen och drar iväg till Vällingby för att handla lite rött till söndagssteken.

– Vällingby, funderade Nisse. Det är väl minst 8 mil enkel resa?

– Jag såg, sa Lundin, då jag var i Helsingör, på Stenbrogade, en jättebutik för dricka. Man skyltade uppifrån och ner i fönstren med buteljer i alla dess utformningar, färger och etiketter. Det formligen drällde med prislappar i en knappt överskådlig mängd och valutatecken. Danska och svenska, Euro och dollar på utbudet av destillat. Såsom endast iakttagare, fann jag situationen närmast komisk. Ett skyltfönster ifrån, med mindre antika föremål, stod en herre ivrigt studerande det dammiga fönstret liksom det dammiga innanför, det samma. Han såg sig nervöst omkring och som om han ansåg allt under kontroll, så kilade han in i drickabutiken och lämnade plötsligt det antika åt sitt öde. Med sig hade han en liten hopfällbar pirra lagom för ett par kartonger från butikens lager. Egentligen borde han investerat i en ny överrock. Jag hann inte mer än förlora honom ur sikte, så dök nästa gök upp för att studera antikviteter. Väl inne i butiken kan de koppla av för då är de bland bröder och likasinnade livsnjutare.

– Här hemma har man ju kört en längre tid med Konsums kasse som man naivt fortfarande tror är den perfekta maskeringen, hängde Nisse på. Inte den i plast eller papp, utan den i tyg som lätt går att rulla ihop utan en massa prasslande oväsen. Nu är tygkassen så vanlig i sambandet att den är synonym med en bolagspåse.

Skillnaden är bara att alla användare är lyckligt ovetandes om detta och tror fortfarande att det är den perfekta kamouflagen för två liter mjölk. Inget kan vara mer felaktigt än så. Och du, när ska Röda Näsan börja med, *Ta tre, betala för två, vi bjuder på den billigaste*! Ja, som alla andra affärskedjor, och köra med mellandagsrea, vilket uppsving.

Rutger kommer glatt klivande i detta ögonblick runt sjöbodsknuten.

– Välkommen, vi var lite oroliga du gått vilse med godispåsen, log Lundin. Du kommer väl inte tomhänt, sa han och tittade runt Rutger lite förskräckt och teatraliskt när han inte såg någon känd plastpåse. Vi har sagt det förr, men major Lundin skulle blivit något inom filmen.

Någon Dramatens scenskola gått miste om. Nu blev det flygvapnet, som Draken pilot.

– Fan, har du varit på Konsum sa jag bara på skoj såklart, och nickade mot kassen han bar på?

– Man är väl kamouflerad, flinade Rutger och höll upp tygkassen från Konsum. Inte en jäkel kan gissa att man har kröken i en sådan här miljökasse i tyg från Konsum, log han brett.

– Nä, skrattade Nisse. Inte en jäkel kanske, men dina ö-grannar kan, Rutger!

Antikrundan...

Alla gubbarna i kärntruppen, var samlade nere på Västudden hos Sjöblom. Maskrosorna blommade och solen solade värmande behagligt över ön där vi satt. Vid ett sånt här tillfälle ska det också lukta nytjärad brygga, tycker stadsborna. Till och med den doften låg som en kuliss över hällarna hos Sjöblom och hans dass. Ett dass som var omskriven i en snapsvisa men som numera var ombyggd till redskapsbod. Det hade fått behålla den ursprungliga exteriören, men luktade nu istället nytjärad, liksom hans brygga och sköteka som guppade bredvid.

Nisse hade bestämt sedan länge att det skulle träffas hos Sjöblom tillsammans med en sillstjärt på kvällskvisten. En årlig tradition som drabbar ön i början av juli, lagom efter midsommar så alla snackplattor hunnit lämna holmen. Lundin brukar uttrycka sig så och menar då stadsborna med sina digitala pratapparater. Inte mycket tjockare än en rutertia, men plåta det kan man göra med dem, eller ta en selfie, som dom säger.

Gubbarna brukade alltid vara hos Sjöblom, det var ju lite tradition. Nu satt man runt hans runda gamla bord.

– Snacka om antikrunda, sa Larsson och såg sig runt.

– Ja, det har liksom inte blivit av att skaffa sig något nytt, sa Sjöblom och fingrade på bordsskivan. Men det här bordet är stort och bra, men gammalt fortsatte han.

– Det är inte de Sjöblom, sa Larsson och blickade runt där gubbarna var placerade. Det är inte de.

Där satt Rutger Rynhagen, medelålders inköpare på SJ som vanligtvis bor på Grevgatan å öfre Östermalm de bodde tidigare på Biblioteksgatan. Lundin, satt så-klart också där. Lundin var major och reservofficer vid flygvapnet, samt liten rund god och glad i sina bästa år, stammandes från Tallkrogen. Där satt även segelbåtsentusiasten Nilsson, eller Nisse me' Vegan. Han är Nisse med alla på ön samt som få, väderbiten och solariebrun året runt plus röker pipa. Han har en liten lustig skylt i sin Vega kajuta. Där står:

"Sprit får inte serveras ombord på denna båt, utom i samband med sill. Skulle det ändå råka serveras fisk, räknas det dock som sill. Till fisk räknas all mat utom pölsa. Om pölsa skulle serveras, vilket Gud förbjude, räknas dock även detta som fisk, d.v.s. sill.”

Sådan är han vår Nisse som är djupt förankrad i sin modifierade Vega, och har hemmahamnen i Tyresöstrand. Sjöblom, är bofast fiskare på ön och åldermannen i gänget. Och så var det då Larsson, ynglingen i församlingen, samt jag själv. Saknades gjorde bara Karl Nyllet Nylund, färskast ute på vår lilla holme.

– Här kan man alltså snacka om antikrunda. Levande bevis till och med. Där ligger dom i lä på Malmö tv med sin sända Antikrunda, fnissade Larsson vidare.

Larsson är som sagt, yngst i gänget med sina knappa femtio vårar.

– För att du fortfarande går i kortbrallor, behöver väl inte vi andra göra det samma, sa Lundin, och sneglade på Larsson. Det är vi, vi fullvuxna, som gör skärgården levande. Det brukar dom säga på tv i alla fall. *Öborna, är de som håller skärgården levande!*

– De du din pojkvasker. Förresten, får du vara ute så här sent, Larsson? Jag tror det är bättre du går och kissar, borstar tänderna samt går och lägger dig. Undrar vad Berta säger annars?

– Tur, gubbar, att ni inte är med i Antikrundan på tv fortsatte Larsson obarmhärtigt. Vi kan ta Nilsson, som exempel. Nisse, sa Larsson vänd mot Nilsson. Du skulle vändas ut och in framför kamerorna och Knut Knutsson skulle försöka bestämma hur gammal du är.

– Vad då försöka bestämma, protesterade Lundin. Det kan man ju lätt googla på!

– Jag kan höra Knut Knutsson för mitt inre, log Larsson… "Hmmm, benen ser verkligen gedigna och väl använda ut. Jag tror de kan komma från trakten kring Blekinge och kan sedermera använts som styrmedel vid Smålands Husarer. Säkert låter dessa påkar berätta en hel del adiafora. Helt klart skulle man kunna säga att dessa ben har anor från sent 1800 tal och helt klart är Gustavianska. Jag tror inte man ska försöka sig på att restaurera dessa vresiga spiror, utan låta dem åldras. Ådringen framträder på vissa partier med en fin patina riktigt tydligt, vilket underlättar tidsbestämmelsen. Jag måste säga, trots allt och märkligt nog om man tar dess anor i beaktande, att de är tillverkade under 1900 talet, skulle jag säga. Ska jag våga mig på en gissning så säger jag, runt 1965. Tyvärr finns det en del krackeleringar på ena benet som skulle kunna tyda på en något valhänt restaurering efter någon form av blessyr. Ett benbrott eller liknande, lite valhänt lagat. En skada som tyvärr sänker priset en del. Kanske en konservator kan skapa något bättre. Jag säger kanske, det är inte alldeles säkert. Användningsområdet idag, som rent bruksföremål, får väl ändå betraktas som ganska begränsat.

Men det har säkert, som sagt var, en gång varit styrmedel hos en skvadron i Småland Husarer. Där emellan, fram till dags dato, även som någon form av stöd. Ehuru av bristfällig kvalitet. Värdet på en sådan här Nisse, är väl mest immateriellt. Men trots allt en kul liten Nisse, faktiskt! Råkul, skulle man kunna säga."

– Är roliga timmen slut nu, undrade Nisse?

– Slut? Nej den har just börjat. Kan vi inte ta den där, när gäddorna leker i vik å vass å solen går ner bakom Sjöbloms dass…

– Men du, inte "råkul", Larsson. Det heter rorkult, tok fan, sa Nisse me' Vegan.

Och så drog man igång den gamla snapsvisan och fyllde på med andra kväden i takt med att sillen tog slut på faten och solen i vekligheten följde sin tysta ban och gick ner bakom Sjöbloms gamla dass. Det gjorde solen även detta år, liksom året innan.

– Huru du, sa Lundin i riktning mot Nisse. Duuu!

– Ja, huru du själv, svarade Nisse. Vad er'e om Ludde?

– Jo, de där med antikrundan som Larsson dillade om i kväll som dom vevar några varv på tv varje år.

… det ligger någ'e i vad Larsson sa. Förstår'u mej, Nisse?

– Jag förstår. Du börjar känna dig lite ålderstigen. Lite antik och unik, kanske. Kanske en aning gisten också för den delen. Men du din gamle krigare, det där snackade Larsson om i går.

– Igår?

– Japp! Klockan är nog runt halv två nu, i denna härliga sommarnatt.

– Halv två, pep Lundin? Halv två?

– Jo du, snart är Maggan här för att bära hem dig, Ludde.

Man började dra sig hemåt. Var och en till sitt. Lundin kastade iväg en grankotte som hamnade med ett ploppande i vinkens spegelblanka vatten. Plockade upp med visst besvär, en kotte till och lät den flyga samma väg, och med samma ploppande resultat. Det var tyst på ön, förutom Lundins ploppande grankottar. I horisonten blinkade Landsorts fyr vänligt mot fyra hemvändande, antika gubbar. Ja, och så Larsson förstås, junior.

– Jag funderar på om inte vi har en antik stol hemma på Grevgatan, ändå. Den skulle kunna vara från Karl XIV Johans tid, det står KJ på den.

– Strålande Rutger, sa Lundin. I så fall har vi hemma i Tallkrogen en fin och väl använd sådan som antagligen varit Winston Churchills… go natt gubbar!

Råholmens egen Escoffier…

Bara jag hinner lägga tegelpannorna färdig på taket innan för vi måste hinna med båten in till stan i morgon, hade Nisse tänkt där han satt uppflugen på taket och lade nockpannorna på takåsen. Hösten var på väg in över holmen. Det var lugnt ute på fjärden, inte ett flytetyg, inte ett segel som fladdrande i vindögat nordost om Fläderhällarna. Lite mollstämning kände han i kroppen.

Men, det kommer inte sitta fel med fläsklägg och rotmos myste han när han fumlade med fötterna efter översta stegpinnen för att ta sig ner ifrån taket. Några trutar singlade runt högt ovanför stugan skränande och sniffande antagligen efter fläskläggen som stod och småputtrade på spisen. Dom vet inte vad dom går miste om, log Nisse vidare. Men av doften kanske?

Lite stark senap av den där grovkorniga sorten, ah!

– Nässe, ekade det över den annars så rogivande ön.

Nisses huskors var ifrån Bälaryd i Småland och ropade så småländskt att man anade självaste Åsa-Nisse bland tallar och kobbar samt tv med sina otaliga filmer i repris.

– Här oppe, hojtade Nisse där han satt igen på takåsen och lade de nya pannorna, panna vid panna. Han var tvungen att le lite grann för sig själv. Åsa-Nisse, eller "Takåsa-Nisse" är väl hugget som stucket!

– Du får lov att passa fläskläggen på spisen, för jag måste över till Maggan, ropade hans huskors.

– Lugn lilla Gullet, jag ska bara lägga de här pannorna först på takåsen. Sedan tar Råholmens egen Escoffier, över ansvaret för grytorna. Hälsa Maggan!

Den här gången tänkte Nisse verkligen fixa aftonvarden. Senast hade det varit lite si och så, med den saken. Det hade han fått äta upp många gånger ute på ön. Förra gången han hade ansvaret för kaloriintaget, blev kanske inte så lyckat. Han hade glömt pannkakor på spisen och rökutvecklingen som var kraftig, satte igång brandvarnaren. Han hade ryckt ur batteriet för att få tyst på eländet så den slutade tjuta.

Ja ja, det var då det. Nu är det nya bollar, nya insatser.

Man har ju trots allt lärt sig ett och annat. Nu kan han någorlunda koka både potatis, och… ja, de där andra vad det nu var.

På fjärden dånade ett par av flottans stridsbåt 90, förbi med vattnet skummande om aktern. Dom mullrade så åskguden själv avundsjukt höll för öronen.

Trutarna, som fortfarande singlade runt ovanför Nilssons stuga, överröstades lätt. Men det var alltid ett magnifikt skådespel när marinen drog fram över fjärden. Mäktigt, lätt sammanfattat.

Nisse blev sittande på taket och lät hela naturen runt om sig fortsätta att briljera med sitt skådespel. Han drömde sig bort. Där nere åt öster, låg Rynhagens stuga. Rutger har en ekonomi som gör honom ganska bekymmerslös, rent ekonomiskt. Men han har en eka som läcker som en tesil och kallas för "sållet" av gubbhumorn. Vilket egentligen gett honom en del bekymmer. Ja, att ekan läcker, alltså, men det är en annan historia.

En svag doft av stekt fläsk når honom i hans tankebanor. Stekt fläsk är inte så tråkigt de heller med ett par raska knappar i västen, tänkte han och reste sig för att fortsätta med takpannorna.

Undrar om det är Rutger och Ruth som ska ha stekt fläsk till middag? Med bruna bönor kanske och en immig rackare går bra det med. Han började känna sig hungrig.

Stekt fläsk, kan man ju äta om man är aldrig så hungrig, men inte är det som fläsklägg med rotmos, tänkte han vidare. Det är de bara inte.

Nere hos Rynhagens ryker det lite lätt ur skorstenen, liksom bortifrån Larssons. Kanske är det Larssons, när allt kommer kring, som ska ha stekt fläsk och raggmunk… det är ju herrans gott. Det luktar faktiskt starkare nu, mer påtagligt. Från mycket närmare håll än från Larssons, då är det säkert Rynhagens i alla fall.

Han vrider sig åt olika håll som för att lokalisera matdoften. Inte utan att det till och med, hemska tanke, luktar lite, bränt. Ja ja! De sista pannorna kom på plats och han började klättra ner för stegen. Då, minns han fläskläggen han lovade att passa i kastrullen. När han passerar köksfönstret på väg ner för stegen, ser han svart osande rök välla upp ur kastrullen. Det luktade inte längre stekt fläsk, utan mer åt det osande, vidbrända och hårt knaperstekta hållet av fläsk. Hans första tanke var, nu är det kokta fläsket stekt!

Ovanför i skyn, hade trutarna tydligen fått tillökning. De ligger där uppe och kurvar runt, runt ivrigt väntande under skrik och skrän på något ätbart.

– Nässe, vad står på? Vad det osar och ryker!

Det småländska huskorset gastade nu plötsligt.

– Har du glömt passa fläskläggen, kan du lika bra stanna kvar på taket för din egen hälsas skull.

– Vi kan kanske skära bort det svartaste och mest brända, hostade Nisse medan han öppnade fönstret för att vädra ut os och rök.

Var kom hon ifrån, tänkte han?

– Men varför har inte brandvarnaren, varnat dig, jag bara frågar?

Brandvarnaren, tänkte han? Visst ja!

– Jo jag fick rycka ur batteriet då jag gräddade pannkakor, senast.

– Gräddade pannkakor! Var det den gång jag trodde du hade en hög gamla LP skivor i köket, för det påminde om sådana? Sedan fick du trava iväg till Råholmarns diversehandel, för att handla en ny stekpanna?

Denna höstdag blev det förstås ingen fläsklägg i det Nilssonska tjället.

Utanför fönstret kalasade nu gråtrutarna tillsammans med några andra oidentifierade fjäderfän på resterna av det som skulle blivit en god fläsklägg med ett lika gott rotmos. Nu låg fläskläggen där. Såg mer än grillad ut, ”well done” om man säger.

Det kokta fläsket är nu stekt, log trots allt Nisse.

– Jomen, håll med om att jag ändå bättrat mig, Marcus Aujalay å grabbarna kan lugnt dra sig tillbaka.

– Här kan du skåda hela Råholmens egen, i hög person, Escoffier! Man har lite dolda talanger som jag inte själv kände till. Vad säger du?
– Råholmens egen Escoffier, jo jag tackar ja! Dolda talanger kan jag hålla med om, frågan är bara när du ska använda dig av dom. Mycket ska man höra innan man trillar ner från stegen, sa Gullet!

Nattmössan...

Märkligt, jag visste inte att Nisse me'Vegan och hans Gullet, hade en syrenberså och att man kunde sitta så nära havet som vi gjorde. Mysko! Hur kunde jag missat det, funderade jag?

Nisse bjöd på sotare och öl samt en väl kyld OP Andersson. Så kall att den blev så trögflytande att vi tog den med sked! Den var lite väl kall för min smak. Det var som att inmundiga isglass med sked i snapsglas.

Nisse hade haft drickan i frysen sedan nyår sa han, vilket möjligen kanske förklarar den märkliga konsistensen och den uteblivna smaken.

Nu hade gubbarna undrat och ville höra hur jag hade det på bokmässan i Göteborg. Det var ju inte så mycket och märkvärdigt att berätta egentligen. Mycket snack, och lite verkstad hade jag sagt så det var väl snart gjort. Men, ville dom verkligen höra, var jag inte sen att berätta några anekdoter.

– Allt hade skett så plötsligt, berättade jag. Jag hade haft en egen liten monter på sju kvadrat, med ett par bekväma korgstolar och ett bord på en djupblå heltäckningsmatta. Plötsligt när jag satt där och signerade böcker i förväg som jag skulle skänka, hörde jag någon säga hej, och hade undrat om han fick häcka där en stund för att vila benet. Visst, hade jag sagt och tittade upp på den som var på väg att sätta sig.

– Tjena sa jag och välkommen, bland böckernas bakgård och utmarker.

Kanske hade det varit i flamsigaste laget. Nåväl, det hade varit en kollega, en i skriveribranschen, hade jag berättat för gubbarna.

– Ska ru' ha ett järn, hade jag frågat?

Gubbarna undrade såklart i munnen på varandra, vem det var som hade slagit sig ner hos mig.

– Det var GW, sa jag!

– Han, kriminalprofessorn hade Lundin undrat? Majorn hade, dagen till ära, suttit i sin uniform för fält, som på militärspråk heter dagligdräkt två, som troligen vår major i reserven antagligen skulle klassificera klädedräkten som.

– Ja, lite vanvördigt säger vi GW, annars säger man Leif, för det är vad han är namnad till och vill bli tilltalad som.

– Du menar, kriminologiprofessorn Leif GW Pers-
son, den gemytlige farbrorn i Veckans brott, på tv?

– Absolut! Han ville alltså häcka i min monter för
att vila påken, som han uttryckte sig.

– Helvete vad dött det är här, hade han sagt och sett
sig om samtidigt som han snöt sig mer än ljudligt.
Fan vad jag är förkyld, muttrade han vidare i nästa
andetag och snöt sig igen. Hos mig har jag en ring-
lande kö på två hundra meter. Något som för övrigt
Ranelid är jävligt avundsjuk på, det är kul, fortsatte
han.

– Du är i utkanten av prosans land, sa jag lite gene-
röst.

Han hade trevat i fickan och jag trodde han skulle
ta upp sin snusdosa, men det var en morot. Han bör-
jade knapra på den och såg allmänt vemodig ut.

– Ett järn, sa du? Nä, fy fan! Jag tar mig en morot,
en fyrafingers… sa han och gnäggade sådär snett.

Gud vilken ström med människor som passerade
min monter plötsligt. Leif var nog dragplåstret. Sär-
skilt dött var det inte, även om folket inte fylkades i
just mitt lilla kryp in. Tyckte mig se Liza Marklund
strosa förbi ivrigt samspråkande med Tomas von
Brömssen.

Min tanke fortsatte, vad dom nu kan ha
gemensamt att tala om.

– Har du sett till Janne idag, undrade GW lite släpigt, utan att vända sig mot mig, med frågan?

– Nä, inte idag!

– Bra!

Här kunde man verkligen frottera sig med kultureliten hade jag tänkt, minns jag. Även om det kändes lite som fåfänglighetens och gycklarens marknad. Allt kändes så overkligt att jag inte kunde sätta fingret på vad som var orsaken.

– Är'u säker på att du inte sett Janne, fortsatte GW mellan knaprandet nu lite lätt sluddrande?

Jag såg att han tappat moroten på mattan där vi satt. Det ska nog inte vara mer morot där, tänkte jag då jag såg kriminalprofessorn kryssa iväg bort mot sin egen, monter och den ringlande massan av besökare under tiden han ivrigt hostade och snörvlande med sin förkylning.

– Träffade du inga kändisar på bokmässan undrade Rutger lite avundsamt, förutom Gustavs grabb, då?

– Kändisar? Nä, inte en nästan kändis heller.

Det kändes fortfarande mysko med mina tankar utan att jag kunde förstå vad den där suddiga tanken var. Jag kunde inte peka på orsaken eller vad det berodde på. Det virvlade inte bara av författare och förlag på bokmässan, utan det var som Kiviks marknad. Det fattades bara stripptälten och fakirerna. Här hittade man litterära sällskap, vanliga bokhandlare naturligtvis, tryckerier, föreningar av olika slag, antikvariat, bibliotek, museer och universitet som trängdes på futtiga elvatusen kvadratmeter. Inte konstigt man kände sig vilsen. Mitt förlag, såg jag utslängt vid cykelstället till höger om entrén. Tur jag hade min egna monter inne under tak.

Egentligen är jag även min egen, förläggare också. Senast hade jag förlagt mina glasögon och fick leta som fan. Men hade ingen aning om var jag kan ha förlagt glasögonen.

– Har du förlagt brillorna igen din lilla slarver, fick man höra.

Efter det fick jag av hustrun sådana där senilsnören, man kallar dem, för att hålla rätt på glasögonen och har dem som ett halsband. Det är säkert bra om jag bara kan minnas var jag lagt det där snörena.

Hur som helst, någonstans spelade man musik. Det var antagligen ifrån någon ljudbok. Sådant fanns det ett stort utbud av.

Den fysiska, vanliga boken, du kan hålla i, är snart ett minne blott tyvärr och något närmast för Antikrundan.

Plötsligt dök det upp en nästan lika stor kändis som GW, om han ursäktar. Det var Jan Guillou!

– Janne, hade jag lite försiktigt ropat. Janne!

Guillou hade stannat och vänt sig om. Sparkade på en morot som han såg låg på golvet.

– Fan, kan man inte hålla efter kaninerna utan att de ska hoppa omkring och drälla med morötter, sa han bestört.

De sölar ner. Vad var det om, sa han i nästa andetag vänd mot mig?

– Jo sa jag, Leif frågade efter dig tidigare.

– Leif, jaha sa han bara. Säg för fan inte att du sett mig, om han kommer igen, bad han. Då ska han bara snacka om sin sedelrulle och att den är betydligt tjockare än min.

Han körde ner händerna i sina snyggt slitna jeans under en grå väst med en massa fickor på, innan han nickade och vandrade vidare.

Musiken spelade fortfarande och någon hade tagit mig i armen och skakade lite lätt. Jag tyckte mig höra någon som sa att det var dags att stiga upp nu. Med ett ryck hade jag satt jag mig yrvaket upp.

Jag berättat för hustrun på en gång att jag snackat med Leif GW Persson på bokmässan.

– Visst, sa hustrun. Du har snackat en god stund om en bokmössa. Du skulle ju själv, enligt förlaget, medverkat på bokmässan. Men du fick ju aldrig den berömda, ur vagnen. Tror du mera varit i en nattmössa. Men vem var den där Janne, du snackade om?

– Janne? Ja, där är det något oklart, vet verkligen inte. Men du! Har Nisse en berså nere vid vattnet?

– Inte vad jag vet, dom har ju ingen sjötomt i alla fall. Då har den bersån i så fall tillkommit under natten, för igår fanns det då ingen berså hos dom.
– Men jag är nästan säker på att dom har en berså alldeles nära vattnet, en syrenberså?
– Ja, i din nattmössa kanske där alla katter är grå… god morgon min lilla gubbe. Upp å hoppa nu.
– Men bokmässan då… snackat i nattmössan, eh?

Brun utan sol…

Åter med fast mark under fötterna hemma i Tall-krogen där Lundin, har sina rötter, så kunde han ta sig några simtag på bana fyra som ju ändå var ledig. Det är Lundins lite lustiga omskrivning och betyder att han helt enkelt tagit sig ett varmbad. Lundins är troligen ett unikum som fortfarande har ett badkar kvar då trenden är duschkabin i alla dess former.

Men så hade det alltså fått bli. Lundin han hade alltså nyss tagit sig ett bad. Och ville man, kunde man också tillägga "vatten över huvudet" men det är en sådan sliten klyscha, så det skriver jag inte. Rätt skönt att bli genomvarm och så kan man tvätta håret samtidigt, var hans tanke. Aningen lättare här hemma, än ute på ön.

Han lägger ifrån sig hörapparater och glasögon. Glasögonen blir ändå immiga och jag är rädd hörapparaten kan trilla i böljan den blå. Man vet aldrig med sådant man inte kan hålla i händerna, de far så lätt iväg.

Ljuvligt sjunker han ner i det våta och varma så bara skallen är ovan vattenytan och han ligger där och vippar med sina yviga valrossmustascher. Då är jag glad att man pillade ur hörapparaten. Annars är jag rädd det skulle bli hör upphör, tänkte han så som den major han ändå var. Visserligen bara i reserven, men ändå.

I andra änden av badkaret kunde han skönja sina tår sticka upp som några försåtliga minor eller grynnan Upphällen, ute hos Jansson på Järflottas södra udde. Det var först då, han tyckte sig skönja ett helt batteri med plastflaskor uppradade bakom sina tår där vid badkarskanten. Badandets egen baddisk, såg det ut som! När man legat i det varma vattnet ett tag och tinat upp lederna, slår honom en tanke. Visst i faderullan, jag skulle vaska de testar som ännu finns kvar på skulten, när man liksom ändå hade brallerna nere. På badkarskanten står som sagt var minst ett femtontal polyetenflaskor… minst, men troligtvis fler, med sannolikt ytterst varierande innehåll, det såg han lätt.

Dessa företräder även spektras samtliga färger och kulörer. De är gula, gröna, röda och gula igen samt rosa och bruna, plus en liten blå och en gul liten badanka något av barnbarnen antagligen glömt. En del plastflaskor är lite rundade, andra mer kantiga och ett par, bara platta, men greppvänliga. Samtliga flaskor är försedda med lockande stiligt sirliga typsnitt i stor guldkantad stil. Han försöker tyda vad där står. Spännande!

Där står rader med Palmolive, Dove, Gliss, Nivea, Swartzkoppf, Max, Hair, Decléor, Moulin Rouge o.s.v.

Under dessa tydliga guldskimrande texter, längre ner, finner man mer information, men då mer av den otydliga sorten. Det är här det står om vad innehållet i tuben, burken eller flaskan skall användas till. Om det är för hår, kropp, fotbad, hundvalpars avmaskning, eller något mot silverfisk eller Lindemans liniment? Liniment, vad har vi det till, vem motionerar här i huset? Lundin bara antar att det är något som beskriver flaskans innehåll och vad innehållet är ämnat till, och för, som står i det finstilta. Vad man genast lägger märke till, är att nu har läsbarheten minskat ytterligare med ett betydligt mindre typsnitt där ofta texten är kursiv. Det måste förhålla sig på det viset, för det är bara grå rader han ser. Man använder ett typsnitt som lätt flyter ihop till en grå massa, utan glasögon. Med flit eller helt ovetandes, är en fråga för marknadsföraren av produkten.

Där borta på det lilla bordet, två meter bort, ligger majorns glasögon, skrev jag inte det tidigare?

Lundin har inte armar med två meters räckvidd, så dessa är alltså inte att tänka på.

Men vilken av flaskorna är det som kan innehålla hårschampo, är en väl förborgad hemlighet för majorn i hans belägenhet för tillfället. Denna baddisk får man antagligen närma sig på egen risk. Lite spännande trots allt är det. Men det är troligen där bland den informationen svaret finns. Någonstans i den grå massan, finns svaret, yea men! Varför ända in i Hedenhös land, kan man inte ange innehållet med lite större bokstäver, eller med en särskild färg och form på flaskan? Nu gissade majorn och tog en guldbrun snygg flaska, en i högen som såg tämligen käck och hårvänlig ut, och klämde ut en klutt på skallen.

Det var en bronsfärgad kräm, det såg han, och så långt var det troligen rätt, som det verkade. Det doftade inte så oävet heller så han var nog på rätt väg, hej å hå!

Men… det löddrade kolossalt dåligt, för att säga inte alls och gick senare inte att skölja ur särdeles lätt heller.

Han klev upp ur badkaret, som fuktighetens gud, Neptunus, där han bara saknade en lagerkrans kring sin hjässa. Fick på sig glasögonen som genast immade igen, formade kalufsen liksom på känn som han trodde såg bra ut och kunde efter ett tag ta sig en titt i spegeln.

Där såg han en suddig figur som klippt ur en tidigare epok i det immiga spegelglaset. Inte så tidigt som Neptunus, dock. Ha, ha, in i dimman var det första han tänkte. Här stod en figur med en typisk kotlettfrilla och med dragning åt tidigt sextiotal, och i anden infettad i håret med Brylkräm. Lite tunnhårigare nu kanske, men med en snygg bruntoning av håret och med en aning av de grå tinningarnas charm, möjligen. När jag klev ner i badkaret, var jag vithårig i medelåldern, tänkte Lundin.

När man så kliver upp, nybadad uppifrån och ner, är man mörkhårig, eller i varje fall cendré och tycker sig förnimma att det doftar metanol. Metanol? Ja, dåtidens Chanell Nr:5.

När Lundin, eller majorn, tittar på flaskan han använt sig av, med glasögonen på, så formade sig den grå massan plötsligt till en något sånär läsbar text, med ord och bokstäver travade efter varandra i en skaplig läsbar ordning. *Decléor, bronze self tanning.* Brun utan sol!

Han såg ut som en blandning av marmorskulpturen Apollo di Belvedere och Björn Ranelid till frisyren, och till Ranelids kroppsfärg. Nåja, hur som helst, men renhårig vill man ju vara.

Det fick man sig itutat av morsan redan då man var en liten knallhatt i kortbyxor, tänkte vår reservofficer och major ifrån flygvapnet. Renhåriga ska du vara, min gosse. Inget fuskande.

Jäkla Ranelid, nu har jag kommit på dig, tänkte Lundin medan han letade fram en plastflaska som innehöll hårschampo. Nu med glasögonen på näsan.

Veckans spis…

Dina högsta krav är vår lägsta ambition! Det stod så längst ner på listan för veckans meny. På mig verkade det som om någon annan än kökspersonalen hade plitat ihop denna lilla aforism. Troligen en trendsättare av nybakat snitt eller en gammal blasé copywriter med obalanserad skärpa. Nisse lyfte på kepsen och kliade sig i skallen med pekfingret, hur som helst.

Vi var in till fastlandet och stod nu och läste vad man hade att erbjuda i kvarterskrogen, Brist på Bröd till lunch.

– Kåldolmar, läste Nisse högt vilket fick mig att spetsa öronen.

Kåldolmar är väldans och onödigt gött. Gött som falukorv, å falukörv e herrans gött de. Jag kände här att jag fått något glansigt i blicken… kåldolmar, ack ja!

– I går hade man haft bruna bönor me' fläsk, fortsatte Nisse och flinade mot mig.

– Ja ja, det var ju igår. Vi kan inte gråta över spilld mjölk, det båtar föga.

Det där glansiga i blicken, hade nog tilltagit en smula anade jag. Men för att skaka av mig den flimriga hägringen av svensk husmanskost – småländskt isterband med persiljestuvad potatis och rödbetor – sneglade jag bort mot hamnens snabbmatskedja, Gyllene Måsen.

Inte för att detta var ett alternativ, utan för att jag skulle bli botad. Det här med mat och god sådan, gör ju att det finns en del lite kulinariska poänger här i livet. Nisse beslöt, trots min skepsis, att testa kåldolmarna på denna lunchkrog. I den där lite nötta klyschan heter det ju "i brist på bröd, äter man limpa" en devis som kom väl till pass nu. Nisse tyckte såklart det var fantastiskt gott, och det var ju bra, för hans del.

– Det är något visst med kåldolmar, muttrade han saligt med lite lingonsylt i mungipan.

De där fabriksproducerade kåldolmarna var gjorda av, och i, maskiner. Där, kunde jag bli imponerad. Det är ju knepigt att för hand få till dolmarna. Ett halvfabrikat som tinats i köket och var lite kantiga som en byggklots till formen då de legat som packade sillar. De var en lite trådig kål, samt gråbeige till färgen. Såg ut som den hade gjort sitt bästa. Den gav en aning sjukligt, inflammerat utseende. En blek dolme utan spår av att ha brynts i en stekpanna eller gryta, gör ingen älskare av god husmanskost, om jag får säga min mening, särskilt glad.

– Mmm… lät det ifrån Nisse, som om han riktigt njöt.

– Men, det där kan du väl ändå inte tycka är bra eller i närheten av kåldolmar?

– Jo, himlade han med ögonen. Jag får aldrig kåldolmar hemma och jag är ju som bekant portad från köket.

Eftersom jag troligen är bortskämd med de kåldolmar som serveras under mitt tak, kändes detta som ett kulinariskt övertramp. En stjärna i Guide Michelin, ska köket nog inte vänta sig, eller räkna med. Möjligen en överkryssad kockmössa. Jag skulle nog kunna dela ut överkryssade kockmössor både till höger och vänster, men vem är väl jag till något sådant?

Ja, jo… jag är nog lite petig, funderade jag. Och drog mig till minnes en episod…

Om man beställer in hälleflundra på en populär kvarterskrog av innetypen, och där allt annat än att beställa bord, är dömt att misslyckas om man tänkt äta där. Krogen var trång som en sardinburk inne på Södermalm. Ska man då behöva räkna med att det är ben, i fisken? Alltså, ben i denna något lyxiga fisk på en krog med en lika lyxig prisnivå.

Och inte utan att jag blev lite full i skratt då vi väntade på vår hälleflundra och av vad som serverades då.

Jo, serveringen undrade om de fick bjuda på en soppa, medan vi väntade! Vi fick soppan i en pytteliten kopp där lite torkade örter flöt ovanpå det varma vattnet. Jag kom omedelbart och osökt tänka på Varma Koppen, som säljs i matbutikerna i påsar med ett blått band över och innehållande ett pulver där man bara ska tillsätta varmt vatten. Saltet hade man inte missat! Detta gjorde mig frågande eftersom man sa att denna krog hade ett klassigt, bra kök. Vem har klassat köket, kan man undra? Krogen var dessutom liten och trång, och därför kallades, intim. Den var numret mindre än hallen där hemma. Då hade man även klämt in en bardisk och garderob för gästernas kläder.

Jag vaknade plötsligt ur mina minnen och förmodade mig le åt denna sorgliga historia. Ja, det kan man göra så här i efterhand medan jag delade ut en överkorsad kockmössa till.

– Vad flinar du åt, sa Nisse plötsligt? Nu satt han och skrapade i sig det sista av den trådiga kålen. Dags att dra nu om vi ska hinna med nästa båt ut till ön.

– Jag satt bara och tänkte. Men kul att *du* gillade kåldolmarna, det är ju viktigast.
Inte vad andra tycker att de smakar eller ser ut.

Själv skrapade jag ihop resterna efter min stekta falukorv med löksås och rivna morötter. En av mina absoluta favoriter och här fick dom godkänt.

– Oj, det här var gott. Så gott så man kan äta det om man är aldrig så hungrig, sa jag.

– Att vad, undrade Nisse?

– Jo, det var så min morfar skulle uttryckt sig när han var på det humöret.

– Jaha, sa Nisse… men hur menade han då?

– Ja du, det kan du fundera på under återresan med Stångskär, sa jag. Det har jag gjort i åtskilliga år nu.

Men morfar kommer ifrån Blekinge, det kanske förklarar en del?

Med rötter i Tallkrogen…

– Pigg som en åldrig mört, sa Lundin då vi satt oss vid bryggan utanför rökeriet, de är läget om du undrar.

Vi hade provianterat på fastlandet och hade därför angjort Nynäshamns hamn, för en gångs skull. Larsson var dagens skeppare och var inne i flytetygsbutiken för att handla stift till sin Mercury snurra.

– Jag är pigg som en förlist mört till och med, förtydligade Lundin. Det var länge sedan man såg sig i spegeln, men det är av barmhärtighet mest. Man vill inte gärna se förfallet. Egentligen borde man fira, för det är många år nu man sett sitt nylle… var är Kal förresten, undrade han och såg sig om… Nyllet?

– Han följde med Larsson in i den marina butiken, tror jag, och blev tvungen att dra in påkarna för ett gäng pensionärer som var på gång över bryggvirket.

Nyllet, är ju vår nyaste granne på ön men som egentligen heter Nylund, Karl Nylund. Hans hustru heter Edit. Och eftersom Lundin, vår major i reserven, har sina rötter i Tallkrogen istället för Göteborg, infinner sig en viss sådan Göteborsk humor. Han måste naturligtvis kalla Nylund för, Nyllet. Det ligger i majorns, så att säga natur. Om det inte var väntat, så låg det i luften. Och eftersom Nylund också heter Karl, samt är i avsaknad av växtlighet en trappa upp, får Lundin ihop det till Kal istället, med lite Göteborskt tonläge. Fattas bara att hans hustru hetat, Ada…

Nu heter Nylunds viv inte Ada, men Edit, vilket Lundin snabbt som ögat travesterade till, Edet! Och eftersom hon inte mäter så många tum över havet, döptes hon lika snabbt till, Lilla Edet. Så när de tu kom stövlandes över bryggan mot oss, puffade Lundin mig i sidan och sa, äntligen, här kommer ju Lilla Edet me' Nyllet.

– Jo, återtog majorn, man kanske skulle fira för att man stått ut så länge att se sig själv i plåten, under så många år. Man har som sagt vant sig vid förfallet. Men, nu har jag tittat färdigt. Man känner igen sig i mörkret, till och med.

Utifrån Mysingen kom Tynningö stävande och höll tidtabellen mer än godkänt. Sydosten låg på, så det kan ju vara en av förklaringarna, för annars brukar faktiskt Tynningö vara lite sen. Oväntat hörde vi så…

– Men, visst är det väl Folke, undrade en dam ur inen stans, som det verkade

Lundin fick kisa mot solen för att se vem denne dam var, för han hade ju reagerat på sitt namn. På holmen kallades han ju bara för Lundin, eller majorn.

– Förvisso lystrar den ni anropade, till namnet Folke, sa han så. Men vem har jag den äran att bli tilltalad av?

Damen bara log och klippte med långa ögonfransar som ett par vindrutetorkare dock av det slitnare slaget.

– Från skoltiden, förklarade hon vidare. Men då var du inte sådär rund om magen och hade inte så röd näsa, då var du riktigt gullig, minns jag. Inte så rund kanske och ingen röd näsa, som sagt var. Visst minns du?

Majorn såg lite fundersam ut, tittade ner på sina skor medan han tänkte. Vände blicken mot Tynningö som nu var på väg att lägga till framför dem. Damen stod i en sådan där moderiktig jacka som nyss utkommit ur våffeljärnet och såg ut som en polerad Michelingubbe. Undrar om man kan flyta på jackan, tänkte han?

– Vilken skola skulle det ha varit i så fall?

– Långbro, Långbrodal, sa vindrutetorkarna.

– Jag gick ut gymnasiet sextinie, muttrade Lundin, och tog sig om den röda och liksom funderade.

– Men var inte Långbro ett gammalt mentalsjukhus?
Vari ligger skillnaden, tänkte han…
– Vad du minns bra ändå, fortsatte hon. Du måste ha gått i min klass!
– I din klass? Tja… sa denne rundmagade, rödnäste, skolgossen eftertänksamt. Om jag minns, det vet jag inte riktigt om jag gör, sa han lika fundersam och undrade vem som blåst upp henne. Vad undervisade du i för ämnen, undrade han och såg sådär obetalbart oskyldig ut?

Någon lät ridån falla, men icke särskilt ljudlöst! Vi hörde några ilskna klackar smattrande, och såg så en Michelin figur avlägsna sig hastigt bort mot pendeltåget in mot stan.

– Vad tog det åt den där, undrade majorn med sin bibehållna fåraktiga min? Hade hon verkligen alla bestick i lådan, och vem släppte ur luften?

Ack ja! Majorn hade enkelt lyckats perforera damen. Man kan inte vara taktlös mot en gammal krigare som tjänat fosterlandet bakom spakarna i sin Draken kärra, J35 Attack, och vetat att gå i takt. Det bara kan man inte. Men så har ju vår reservofficer också sina rötter i Tallkrogen.

Ingen ordning längre…

– Ingenting är längre sig likt, sa Nisse och försökte att tända sin gamla snugga för tredje gången.

– Ingenting har väl någonsin varit sig likt, försökte Lundin, med sitt lite speciella frågande tonläge. Vi trodde vi vant oss under många år, men ändå blir så fascinerade då vi hör honom. Ingenting, sa han igen, som för att stryka under.

Vi hade kräftkalas hos Rutger och Rutan, eftersom det var deras tur, eller otur, att bjuda sina trevliga sommargrannar. Plötsligt började det bolma ur Nisses pipa och alla tog upp en lätt applåd. Nisse tittade sig frågande omkring sig, så log han och hostade.

– Fattar inte varför jag håller på med det här, sa han och sneglade på snuggan och hostade igen. Det är väl bara jag som bolmar på en sån här nu för tiden?

– Jaha sa Lundin, var det du? Jag trodde det var nån som försökte elda upp en gammal halmmadrass!

– Ja se Nässe, han är allt envis med sin pipa när han sätter den sidan till, log Nisses huskors ifrån Småland.

Hon låter precis som Eulalia i de gamla Åsa-Nisse filmerna då hon ropar på sin, Nääääse!

– Så fortsatte han och upprepade att det inte var nån ordning på allting. Konstigt att vi äter kräftor i början av augusti, muttrade han.

– Det är väl inget konstigt, det är ju en gammal tradition sen långt tillbaka och hänger ihop med tiden då man fick börja fiska kräftor, förklarade Lundin så pedagogiskt han bara kunde.

– Kan man dra upp kassen, undrade Sjöblom med en nick åt luckan i bryggvirket?

– Ja för tusan, sa Rutger. Hiv upp!

Det var så att Rutger hade en lucka i bryggan där en korg var fäst i ett rep. I korgen förpassade vi det vi ville ha lite svalt. Sedan var det bara att fira ner korgen i vattnet där den sedan hängde i sin tamp. Idén hade vi fått av Olssons på Fåglarö vid ett tidigare kräftkalas på hans ö.

– För att återgå till ordningen, återtog Nisse. Det är ingen ordning på allting längre.

– Ta bara det där postorderkatalogerna, saliga väl idag i deras minne, som kom från Borås. För en massa år sedan handlade vi ifrån nån av det där postorderkatalogerna. Sedan dess vara man liksom fast. I juli kommer, eller kom, exempelvis Höst- & Vinterkatalogerna, va i juli? Men inget ont som inte har något gott i släptåg, för redan i januari, kom Vår- & Sommarkatalogerna. Men ska det vara så, vart är vi på väg? Man verkade sakta men säkert vrida årstiderna ur led.

– Medan jag högg in på nästa röda best, berättade jag att vi fått förfrågan om att boka julbord? Va, redan i augusti! Och i köptemplet Ingvar en gång byggde upp vid Kungens Kurva, kör redan i början av oktober, igång med julprylarna. Tillåt mig upprepa, i oktober! Kan det vara normalt? Tja, kanske! Gäller att vara först.

Understundom tar vi oss en, och slår ihjäl en annan geting. Tur för myggen att de håller sig undan. Dom skulle nog annars dö av alkoholförgiftning. Valet det har, är dock hårfint, och leder till båda två till det sälla jaktmarkerna i slutänden.

– Skål ta mig fan, som han sa!

– Man har ju varit med om att äta semlor innan lucia. Det var ett större bageri i Huddinge som sålde semlorna direkt från bagerifabriken.

Vi trodde vi varit med om det mesta, man kunde garvat på sig för mindre.

– I februari kursar man påskris på Hötorget. Man kan tycka de är lite sent ute.

– Ja det är för hemskt, sa Rutger. Till nyår handlar man tulpaner på torget i Farsta. Men midsommar, har man svårt att flytta på. Här nöjer sig istället media med att sia om brist på jordgubbar till denna helg, och om inte det tar skruv, drar man till med att färskpotatisen ej hinner bli klar till midsommarafton. Håhå, ja ja!

– Kräftor kan man däremot äta året runt nu. Visserligen frysta, men ändå. Men, det är i augusti som är den rätta tiden, sa jag. Att sitta här, ute på bryggan, eller uppe hos Lundin i syrenbersån, är hugget som stucket, sa Nisse och viftade bort en enveten mygga. Kräftor och augusti, det är tradition de! Och traditioner ska man försöka bevara och vårda.

Runt hörnet på sjöboden och ut mot bryggan kom nu Rynhagens tiger Rutan, där det fanns kaffe och annat gott på en bricka.

– Det där, sa Lundin och pekade när Rutan ställde ner brickan, vad är det?

– Det där sa hon, som varit helt ovetandes om vårt snack, det är nygräddade våfflor!

Det ryker över ön…

Bersån hemma hos Nisse, öns enda segelbåtsägare, fick besök av oss trivsamma gubbar. Nisse hade tidigare på dagen landat en kompis och segelbåtsägare han också, som kryssat sig upp ifrån Åland. Det var en härlig kille som vi lätt lärde känna och gilla. Nu satt vi i bersån och lät oss underhållas av Pekka, som han såklart hette. Pekka kunde inte säga en endaste mening utan att påkalla djävulen själv eller hans drängar, på dennes uppmärksamhet. Men han gjorde det på sitt speciella sätt att det inte var vanebildande för oss fromma, ja inte ens Rutger tog illa vid sig.

Pekka berättade medan vi pyste upp en och annan pilsner och lät solens strålar värma oss.

– Vi lagar vår egna glögg, berättade han på sin mustiga finlandssvenska. Jo, snabbglögg kanske, men den är lätt att lära. Tag bara en flaska kossu, eller vad ni har här som motsvarande. Explorer kanske, samt två russin. Om man har helvetes mycket brådska, så dom russin kan lämnas bort.

Jaha, ja det låter ju enkelt och bra, menade majorn och fingrade på sin valrossmustasch, medan han funderade. En som också ville tillhöra ljugarbänken, var Nisse som hade snickrat sig en fiskrök av plywood.

Ibland undrar man om det inte är bättre om en del blir vid sin läst, eller som i det här fallet, rorkult?

– Men en trälåda är i alla fall en trälåda, underströk majorn, och det är väl synd att den så att säga ska gå upp i rök?

– På tal om ingenting, avbröt Pekka. Det ska ärtsoppa vara, sablares också, ansåg han och fortsatte. Det är väl torsdag? Jag har ett helvetes jävla bra recept på ärtsoppa också. Men jag har inte tid att stå vid spisen för att åldras.

– Nu blir det stereorök sa Rutger, då Nisse började bolma på sin pipa.

– Utan humor, livet är bra jävla tråkigt, menade Pekka. Jag kan inte me folk som är torra som strupen en söndagsmorgon. Perkele, varför in i perkeles tallar har ni inte en sån rökpåse? De har vi, en helvetes rökpåse, hemma i Finland!

– En rökpåse har vi ju här, sa Lundin och pekade på Nisse. Det är en riktig rökpåse de, fortsatte han medan Nisse försökte vifta bort röken från sin pipa.

– Rökpåse, är något som man kan likna vid en vanlig te-påse? Man låter liksom påsen får ligga och dra i röken?

– Citronrökta böcklingar, med en citron i påsen.

I röklådan hängde nog runt en femtio strömmingar vi alla väntade skulle bli gyllengul och fin böckling. Varmrökning var det som gällde i Nisses nya trälåda och vi hade späntat al i Nisses vedbod och repat enris. Det rökte ganska kraftigt och doftade inte så oävet.

– Ibland vi festar, och då blir det whisky, log Pekka och halade fram något som vi inte sett tidigare.

Alla satt vi i spänd förväntan vad det var för något.

– Den här har ”lots of feelings” sa han och skrattade lite bullrande. Passar bra på väntans tider. Min kamrat, Hempa ifrån Åbo, hade hem något soppa ifrån Ryssland, fy helvete, det smakade hemskt. Den jäkla smaken stannade i munnen och var svår få försvinna, perkele!

– Jag litar inte mycket på din trälåda Nisse, muttrade Lundin eller majon igen och nickade mot träkonstruktionen.

– Jodå den funkar fint. Jag har gjort nästan exakt som i beskrivningrn. Jag har bara lagt in lite mer ved för att få upp temperaturen. Vi ska upp i en sådär 70 grader och vi är på god väg.

– Men det ryker oroväckande mycket om trälådan.

– Det ska ryka, det är ju en fiskrök, majorn!

– Ha ha, skrockade Pekka. Sablares, ingen eld utan rök tror jag ni brukar säga.

– Du Pekka, vår dotter berättade en gång en historia om en Pekka, sa jag. Men man måste berätta den på lite finlandssvenska för komikens skull eftersom det handlar ju om en som heter Pekka. Jag tror den var så här.

– Jag kan ju minnas fel… ”Nå, Pekka var ute och cyklade en vacker sommardag, vägen svängde, men inte fan svängde Pekka!

Pekka kom till doktorn som sa, du måste lära dig svänga, Pekka!

Nästa sommardag var lika vacker och Pekka var ute och cyklade. Men så svängde vägen, men inte fan svängde Pekka nu heller.

Pekka kom åter till doktorn som sa, men du måste verkligen lära dig svänga, Pekka!

Nästa dag var Pekka åter ute och cyklade. Så svängde han plötsligt, men inte fan svängde vägen!”

– Är sånt roligt, eller måste man ha humor också, jag menar bara för att man råkar heta Pekka?

– Den berättelsen tycker jag var helvetes rolig, för jag är ute och cyklar jämnt, men jag heter int Pekka, jag bara kallas så.

– Nä, Pekka är döpt till Jorma, men när han gifte sig så sa prästen Pekka istället för Jorma och så har han hetat sedan dess, kunde Nisse berätta.

– Du Nisse, Pekka verkar vara en halvtörstig typ. Han drar bergis i sig en liter fortare än min urgamla Mercury på trötta 55 hästar, sa Rutger.

– Äh, det där är mest snack. Han är en seriös typ om det gäller. Han jobbar vid kustbevakningen i Finland.

– Vad var det jag sa, hojtade plötsligt Lundin och stod upp och viftade med armarna. Nu står hela lådan i lågor! Gubbarna sprang fram till fiskröken.

Det handlade om att rädda böcklingen då hela lådan stod i lågor. En gråvit rök steg ångande upp ur resterna av lådan och spred sig inåt ön när man hällt vatten över fiskröken.

– Undrar hur böcklingen mår nu, sa Nisse fundersamt. Undrar om den hann bli färdigrökt?

– Ja, den är nog lika inrökt som din pipa, trodde jag.

– Oj, var det enda som undslapp Rutger när han såg vad som hängde där inne då Pekka öppnade röken.

– Lundin, tyckte det påminde om ett klockspel för punkare, det utdöende släktet.

– Sablares, suckade Pekka tungt!

Nisse tog ett steg fram mot röken och omslöts av ånga och rök, vi såg bara hans stövlar.

– Du röker för mycket Nisse, hojtade Lundin och tog ett steg fram han också, och försvann.

– In i dimman, sa Rutger och mötte samma öde.

– Vart tog alla vägen Pekka, undrade Nisse och hostande i röken.

– Sablares perkele… kyl mum miälest halstratu silika o paremppi ku savustetu, sa Pekka och såg ut som han menade det.

– Ja jomen exakt så naturligtvis, sa vår numera erkände skådistalang, Lundin inifrån dimman.

Och därmed bastu…

Gubbarna hade startat upp bastun hos Lundin med björkved och en svag rökstrimma letade sig nu ut ur skorstenen. Vi hade väntat länge på att vår major skulle få sin sauna färdig nån gång. Men nu stod bastun där ångandes samt svettandes och det rykte gemytligt. Under uppvärmningen gick snacket i vågor ute på bryggan mellan gubbsen om både strömming, sillen och dillen.

– Ganska coolt att surfa egentligen, sa Rutger som på tal om ingenting och såg riktigt nybörjarnöjd ut när han slog sig ner bland oss andra på bryggkanten. Man vet liksom aldrig var man hamnar, fortsatte han och tog samtidigt emot Nyllet och hans upphottade Vega. Han kom åter efter han hade hämtat lilla Edit på fastlandet.

– Det beror väl oftast på var det blåser ifrån, sa Lundin?

– Du måste lära dig hantera styrmedlen och hålla balansen på brädan, fortsatte jag faderligt.

– Jag tror bara det är i början man hamnar lite tokigt, menade Larsson som var den vanaste surfaren på ön om vi undantar grabbarna.

– Bastu, sa Nyllet utan minsta förvarning, är en uppknäppt umgängesform.

Lundin var den ende som fnissade såklart eftersom han var också den ende som fattade poängen. Den fina poängen var egentligen en riktig ”Lundinare”.

– Men vad har det att göra med surfandet, Rutger snackar om. Även om jag kan hålla med om att det är skönt med en bastu att tina upp i när man mestadels har legat i vattnet för att plaskande försöka ta sig upp på den vingliga brädan igen, innan det är dags för nästa besök i det våta, sa jag. Vad har jag missat något?

– Men lilla vän, man ska inte bada… man ska surfa.

– Alltså sa Rutger, jag menar inte att surfa på en förskräckligt vinglig bräda ute i det våta, utan på webben, surfa ut på cyberspace vanskliga vågor, som de säger. Och man styr med musen. Alltså, inget som har med vindsurfande, segel, mast samt bom, att göra och man blir normalt sett inte blöt om fötterna. Är det någon förresten som vet vad de menar med, backup?

Tänk så det kan bli när inte haspen är på!

– Den ende av gubbarna som inte "nyttjade" var den som kom med förslaget… Backup, det måste väl vara när man ligger på mage?

Säga vad man vill om Lundin, vår trogne major, är att han är bevandrad i språk. Ingen av gubbarna hade en tanke på att IT-världen nådde oss även här ute, men det är väl för alla master runt om som snart står tätare än träden på ön.

Vi trodde ju såklart att då Rutger började snacka om att vindsurfa, så var det också det han menade. Inget datorbadande.

– Mus! Sa du mus, Rutger? Nämn inte det ordet pep Nyllet. Vi har varit invaderade av dessa gnagare.

– Du skulle snacka med Pettson, så hade han släppt dit Felix, sa Rutger.

– Pettsons katt Felix, skulle inte lyfta på ett morrhår en gång. Han får ju sitt ifrån Mjau, eller vad det heter. Varför jaga för brödfödan då?

– Kommer inte du ifrån Solna, undrade Lundin? Ja vår lustige reservare i flygvapnet och major.

– Jo, sa Nyllet.

– Men då trodde jag du gillade gnagare?

– Jag håller mig ifrån detta gissel med datorer och allt vad det är. Ska det vara bra, undrade majorn?

– Bra för… tja, som exempel håller jag på med en adressbok med bland annat telefonnummer. Man hittar snabbt och enkelt de nummer man söker.

– Vad praktiskt sa Lundin och tog upp en liten almanacka. Här har jag vad jag behöver. Snabbare än du hinner trycka på knappen för att starta din dator.

– Men det där var inget bra exempel, sa Rutger lite förtrytsamt. Datorn finner så mycket mer än vad du har i din lilla almanacka. Man kan kolla det mesta.

– Shot man, shot! sa Lundin.

– Vem var USA:s president år 1789 eller vad är det för väder just nu i Ouagadougou, som ett annat exempel?

– Who interesting, muttrade Lundin och log. Som jag har undrat. Står det något om när man byggde den första bastun också, och hur lång tid det tog?

– Jag hörde av Hasse, min frisör, att han avvecklat sin kåk på ön. Jag frågade om han sålt båten också.

– Jo, jag har blivit av med baljan, sa han. En av mina grabbar var intresserad så det blev förstås ett bra pris för honom, garvade Hasse som ettans sandpapper. Halva priset fick han den för. Rena välgörenheten.

– Det var ju galant. Då får du säkert låna den om du får, ett återfall och vill ut på böljan. Du kanske vill stå där igen med durken i vädret som en klyvare i vindögat och sjunga hej å hå?

– Nä, den risken är ganska minimal. Den marina delen är avbetad, eller hur man säger på sjömannamässigt vis.

Men har det inte varit någon av dina grabbar som velat bli stråförkortare?

– Noop! Och det är kanske tur de. Då kanske dom skulle vara intresserade av att köpa in hela salongen också… till halva priset. Det skulle jag inte ha råd med.

Lundin tittade precis till sin nybyggda bastuskapelse och kollade temperaturen.

– Den är inte till salu för halva priset, log han. Men för det dubbla, sa Hasse!

– Det är dags nu gubbar, om ni pallar för åttio grader. Finns det någon frivillig som kan bära in ölen medan jag öppnar pärleporten till våra varma lavar. Någon rask yngling i församlingen, Larsson?

– Även om vi inte har något band att klippa av vid en ceremoniell invigningen och dop bad, så måste vi väl döpa denna din sauna till något, tyckte Nyllet?

– Absolut!

– Den skulle egentligen ha namnet efter dess upphovsman, men Folke, låter inte riktigt rätt!

Lundin log och tog resolut en, skopa vatten för att stänka över bastudörren…

– Härmed döper jag denna sauna till Sune, och därmed bastu!

Klappstolen Terje

Kvällen var ljum och ljus och vi satt i allsköns ro för att planera morgondagens övningar.

Luringsfjärden låg spegelblank och vi kunde med kikare se några landtärnor ute vid Lilla Hummertinan som avslöjade att en segelbåt befann sig där.

Vi hade tagit fram några klappstolar från sjöboden och tog en pilsner medan vi väntade på att Nisse me' Vegan skulle angöra. På håll hörde vi koltrasten med sin kvällskonsert i icke upprepbar repertoar. Annars var det tyst, sånär som på Nisse me' Vegan, som vi till nöds anade över vattnet där han kom tuffande med sin Albin, på väg in.

Lundin öppnade luckan i bryggdäcket och halade upp kassen med folköl. En idé vi fått ifrån Olsson han på Fåglarö, som hade denna lilla finess i sitt bryggvirke.

– Ja, det var väl på Ladholmen, utanför Dalarö, vill

jag minnas sa jag, eller som sagt Fåglarö, som han själv alltid föredrog att kalla ön.

Då, utan minsta förvarning, sjönk plötsligt Lundin sakta men säkert nedåt i sin stol där han satt på andra sidan bordet och försvann utom synhåll, förutom hans kalufs.

Till slut syntes bara ett förvånat ansikte stack opp ovanför bordskanten. Det var det enda majorn visade opp. Allt hade utspelat sig som i ultrarapid. Vi kunde bara se hans förvånade blick vid själva undergången. Lundin gav därmed även fenomenet slow-motion, ett ansikte.

– På väg under bordet redan, garvade Rutger och pekade på Lundin, en gång stolt major i flygvapnet och en J35 A Draken. Nu har han gått under på en vanlig folköl!

Lundin reste sig långsamt upp och såg minst sagt, konfunderad ut. Buster Keaton hade troligen sett ut som en statist, i sammanhanget. Han tittade på bryggan där vi satt och övergick till det han nyss suttit på och som bara likt en tumstock, vikt ihop sig. Det syntes att han försökte förstå vad som hade hänt. Han rörde inte en min, medan han böjde sig ned och tog tag i ryggstödets översta ribba och lyfte resterna som fortfarande satt ihop med ryggstödet och försökte synbarligen förstå och tänka ut vad som nyss hade hänt med stolen. En liten haverikommission skulle man kunna sammanfatta Lundin med.

Då, som en fiktiv rörelse från en trolleristav, rasslade det bara till och resten av klappstolen Terje i bok, låg som en osorterad hög vid Lundins stövlar. Hokus Pokus mästaren, var född! The One Man Show! Vi önskade en repris, naturligtvis, och klappade därför i händerna.

Rutger skrattade så han vek sig dubbel och såg ut att gå upp i limningen, inte som klappstolen Terje kanske, men nära nog ändå.

Majorn stod fortfarande kvar som förstenad, nu med endast den översta ribban av stolens ryggstöd i sin hand och med det obetalbara Buster Keaton facet. Här kunde vi skåda vår före detta major i flygvapnets reserv, med ett plockepinn kring fötterna och verkade inte fatta vad som hände, av minen att döma. Joe Labero skulle inte kunnat göra detta nummer bättre, no way! Om Lundin slagit klappstolen med kraft i bryggdäcket, kunde man förstått verkan och resultatet, men nu lyfte han bara stolen i dess ryggstöds översta ribba och den löstes upp i alla sina beståndsdelar i ett formidabelt rassel. Hans min som sagt, gav en massa ny tändvätska för skratt. Vi garvade så antagligen hela ön höll för öronen.

– Ska vi passa på att spela plockepinn när ändå Lundin visat vägen, undrade Nyllet?

Han var den ende som kunde få fram något talbart
värt namnet, vi andra skrattade så vi kiknade.
Nyllet torkade sina glädjetårar så gott han kunde. Vi
övriga kippade efter andan och försökte samla oss
från våra skrattexplosioner. Ett Plockepinn!
– Plockepinn förklarade Larsson, är ett sällskapsspel
där ett stort antal träpinnar sprids i en hög… det kan
inte vara mer pedagogiskt rätt än detta. Klockrent!
Majorn har ju redan en pinne i handen, så han får väl
fortsätta. Han lyfte handen och tittade fortfarande
förvånad på den ribba han höll i, log och släppte den
med ett rassel ner bland de andra pinnarna till för-
samlingens nya skrattsalvor. Det kallas timing för en
god underhållare inom stand upp.
– Vad var det som hände, undrade han så små-
ningom?
– Hände, sa Nyllet? Du lyfte nyss på Terje som där-
med snabbt upplöstes i sina beståndsdelar och så
uppstod denna prydliga vedtrave av prima limmad
bok. Prima är förstås kanske aningen överdrivet, och
limmad, vete fan egentligen.
– De här kommer man väl få höra till döddagar.
Lundin och tog fram en annan klappstol med
märkbar skepsis och satte sig försiktigt. Men
Terje… sa han frågande och tittade på Nyllet?
– Terje? Det är namnet på klappstolen du gjorde
plockepinn av. Ikeas storsäljare, nu till extrapris!

– Du skulle kunna åka med det där i parkerna, före-
slog Larsson. The One Man Show!

Nisse var nästan framme vid vår brygga och vi
stod där för att ta emot tampar och landa honom lite
elegant. Fortfarande var det muntra miner och Rut-
ger började återfå sin vanliga bleka nyans som an-
står en herre.

Nisse slog av motorn och Albin stannade med ett
långt utdraget pyyyyschhhh. Den absoluta tystnaden
uppstod.

– Vad hålls ni med, undrade han när han klev upp
på bryggdäcket? Det lät som ni hade världens fest.
Jag gick ju efter lyktan på sjöboden, men det var lät-
tare att navigera efter ert glammande.

– Vi har inte gjort något, sa Nyllet! Det var bara ma-
jorn som hade en liten uppvisning, fortsatte han.

– Jaha, har du trillat i plurret, frågade Nisse medan
han tände sin pipa och mönstrade samtidigt Lundin?

Nisse har simultanförmåga han, bäste läsare!

– Nej, nej! Inga sådana enkla uppvisningar som att
trilla i drickat. Den här showen var av världsklass,
sa Nyllet och började garva igen och fick med sig
Rutger och strax spred sig skrattkonvulsionerna
över ön igen av genom minnet av showen.

– Men vad är det där?

Nisse hade pekat på resterna av klappstolen, Terje
som låg i en inbjudande hög.

– Håller ni på med plockepinn?

Nisse hade sett onekligen frågande ut.

– Den närvarande församlingen som ökats på, tyckte det var en braksuccé och ville se mera, sa majorn och log lite bredare. Stolfan Terje, klappade plötsligt bara ihop. Han log åt denna vits. I så att säga ultrarapid, vek den bara ihop sig som en tumstock.

– En braksuccé, mullrade Nyllet. Ja jävlar i havet… ha ha, braksuccé!

Senare den sommaren hade Lundin sina barn och barnbarn ute på ön. Naturligtvis skulle det berättas om detta Labero trick Lundin uppvisat och man hade skrattat hjärtligt, har majorn berättat senare.

– Den ende som inte finner det så där hysteriskt roligt är jag själv, sa han. Jag fick ju inte se, bara uppleva.

På kvällen hade hans barnbarn illistigt frågat om inte morfar kunde vara med och spela plockepinn? Fattades bara det, hade majorn sagt!

– Det var länge sedan man förbjöd enarmade banditer och spelautomater, menade han när vi på morgonen under traskandet ner mot bryggorna. När ska dom förbjuda små tvåarmade?

Natti natti

Jag är nog min egen, värkmästare, låg jag och funderade, bland dunbolstret. Redan tidigare på kvällen då vi satt och såg på "Fråga doktorn" på tv, hade det börjat molvärka på utsidan av höger knä. En molvärk som hela tiden störde min fokusering på det vi såg på tv.

– Fan vad det molvärker sa jag till hustrun, för att försöka få lite medlidande och gnuggade lätt med handen över det molande stället.

– Ja, ja… det är nog bara åldern som gör sig påmind ska du se. Hysch, lyssna nu istället…

Det talades om "egenvård, sova gott, leder och muskler, alternativmedicin, kosttillskott, smart mat, folksjukdomar, minnesträning, balansträning, balansräkning samt vardagsgympa, lördagsgympa och motion." Man talade även om vad som inte är normalt i takt med tid.

Och inte minst, varför uttryck som gammal och gaggig är en ren myt.

– Stämmer precis! Det är bara en myt och elakt förtal samt illaluktande fördom. Inget jag tar åt mig av. Men du, dom sa inte ett ord om onda, molvärkande knän.

– Äsch!

– Och du en annan sak. Varför började det värka så här plötsligt, bara? Jag har inte gjort något som skulle kunna vara orsaken till den här molande värken.

– Inte?

– Nej, ingenting!

– Kanske just därför!

– Jag har bara hjälpt Rynhagen att dra upp sin båt. Men det vara bara handkraft som gällde. Tummen på knappen till elvinschen bara. Du vet Rutger har en elvinsch för att dra upp sin båt. Det är geschwint må du tro. Det kan man väl inte få särskilt ont i ett knä av?

Vid läggdags tog jag så min bok Grisfesten, av vår kriminalprofessor, ålderstigen i sig, men jag tar den lite då och då som sömnmedel. Bara ett kapitel, sedan kom John Blund seglande med sitt paraply och jag fann det för gott att knoppa, eller jag hade inget val.

Ett par timmar senare, vaknar jag av att jag känner den molande värken i höger knä. Samma knä som jag tjatade om tidigare på kvällen och på höger utsida. En elastisk gasbinda kanske gör susen, tänkte jag och tog mig upp för att hämta tygrullen. Inte för hårt, inte för löst virade jag den långa bindan om knät som till slut antagit formen på en fotboll av femmans storlek. Och redan vid returen till sänghalmen hade min egenvårdande idé och insats gett önskat resultat. Den molande värken var som bortblåst. Gammal och gaggig, bara en illa uppbyggd myt och pyrande fördom. Pyttsan, vem bestämmer sånt?

Lite ont i knät, bara. Det kan man väl ha utan att vara gaggig, eller?

Man lägger sig som pånyttfödd i fosterställning. Men blir varse om att nu värker plötsligt vänster knä. På samma vis som det högra nyss gjorde. Det kan bara inte vara sant.

Jo, men. Det molvärker sådär lite försiktigt irriterande, retligt. Lagom för att hålla mig vaken. Det blir svårt trots allt att hålla sig för skratt, men jag gör tappra försök. Det blev ändå en ljudliknande, fnissatack så hustrun tänder sin sänglampa och undrar lite yrvaket vad som var på gång?

– Vad är det om, säger hon. Vad fnittrar du för mitt i svarta natten?

– Jo, säger jag. Men jag fortfarande har svårt för att

att låta bli att garva, och så berättar jag hela grejen.

Hon sätter sig upp, lossar på mitt bandage över högra knät och surrar ihop båda knäna, i samma bandage.

– Så där, nu ska du se det blir bra och samtidigt slipper vi en massa knatande uppe hela natten.

– Smart, sa jag. Tack å god natt!

– God natt sa hon och drog i snodden för att släcka sin sänglampa.

Då kom jag på att nu är ju min rörelseförmåga onekligen en aning begränsad. Jag petade hustrun lätt på axeln…

– Jo du… hur… jag menar om jag måste gå upp?

– Det måste du inte, sa hustrun!

– Men det här bandaget… försökte jag?

– Det löser jag såklart upp i morgon bitti, sa hustrun och släckte.

– God natt sa jag!

– Natt, sa hon lite mera ljudligt, sådär.

Jag låg och funderade och kände efter att ingenting i knät var brutet i alla fall. Men varför skulle det nu vara det? Jag noterade denna tanke som glädjande och hoppades hustrun skulle dela detta glädjande besked.

Jag petade på hustruns axel igen så försiktigt jag kunde.

– Vad är det om, nu då?

– Jo jag tänkte att… inget verkar i alla fall brutet.

– Inte ännu, sa hon något bryskt och släckte lampan med ett kraftfullt ryck i snodden som sa mig att jag får nog kolla den där lampan i morgon och infästningen i väggen också för den delen.

Jag låg en stund och funderade på vad hon kan ha menat med, *inte ännu*?

Nu kom jag på att detta scenario känner jag igen. För en gång i begynnelsen så gjorde Martin Ljung och Hasse Alfredsson en bejublad sketch i en sovvagnskupé där det utspelade sig något liknande. Guben i Låddan, hette sketchen och var med i en tältrevy hos Povel Ramel på mitten av förra seklet. Därför petade jag hustrun lite lätt på axeln igen, och resultatet uteblev inte. Hon satte sig upp med ett ryck och tände lampan något burdust, enligt min mening.

– Ska jag ta om det från början, sa jag?

Lampan bara släcktes igen, med någon ytterligare brutalitet, som jag uppfattade det. Hade hon haft en dörr i närheten, hade hon slängt igen den för att bildligt demonstrera vad hon tänkte. Tur att hon inte hade någon dörr i närheten, var min tanke då. Och vad skulle grannarna tänkt i så fall? Utan att ett ord sades, om man bortser från det något burdusa sättet hon väckte mig ur mitt drömmande tillstånd, så tar jag mod till mig och säger…

– Natt!

Hon närmast vrålar…
– Natti natti!

Pettersson och Felix

Vägen ut till stugan på Råholmen går delvis genom Södertörns vildmarker och snuddar då och då vid Östersjöns kluckande stränder och klippskrevor. Ett otal är de stugor och gårdar som glider förbi vindrutan på väg mot vårt skärgårdsviste.

Det känns som man var bekant med dem som bor där som kantar vår väg, men det är också en hel del år vi färdats denna väg ut till vårt sommarhus.

– Tre bilar närmare bestämt, säger hustrun som har för vana att hänga över axeln på mig och läsa vad jag skriver.

Jag grymtar bara som svar…

– Skriv det, säger hustrun uppfordrande igen, tre bilar är det. Det skulle väl bli ett kåseri och inte ett manus till programmet Mitt i naturen, i tv?

Med lite manlig kärvhet och sned blick, nonchalerar jag naturligtvis hennes inlägg, var va vi…

En stuga, bland alla de faluröda med vita knutar, har vi fäst oss vid lite extra. Den ligger lite inklämd mellan ett par åkertegar och en liten dunge med träd. På trappan brukar det sitta en liten randig katt och på gårdstunet fnattar en liten gubbe med kullrig hatt och blåbyxor omkring. Någon form av vindkraftverk, eller vad man ska kalla det, har gubben uppriggat på tomten.

Det är ett oljefat, delat långledes och hopsvetsat halvt i halvt, om ni förstår hur jag menar. Det blir som ett skovelhjul, och vrider sig för vinden.

I övrigt är ägan uppdelad till minsta morotsland och gräslökstuva. Sommartid ser man inte mer än taket på stugan för all grönska, och som sagt då katten och gubben. Nu hade ju tv en gång en julkalender som handlade om en gubbe som hette Pettson och hans katt Findus. Tv figuren var lite full i fan och hittade på det mesta hyss, precis som vår gubbe, varför han snabbt döptes till av oss till Pettson. Och den randiga katten, ja den blev för oss naturligtvis, julkalenderns Findus.

Jodå, vi har träffat Pettson så att säga live, vid Råholmarn's affär ute på holmen. Han levererar tomater till affären som han odlar på sina ägor. Larsson frågade oss en gång om vi visste vad tomatodlar'n heter. Ja vad svarar man på det?

Tja, Pettson kanske, tänkte jag?

– Vi kallar honom för Pettson, sa jag. Det har vi gjort de senaste tio åren. Han ser ut att heta så, förtydligade jag.

– Ser ut som att heta Pettson, upprepade Larsson lite frågande? Jag hade en lumparkompis som såg ut som en säck potatis. Han var liksom hälld i sina brallor där någon glömt att säga stopp. Men, inte hette han Magnum Bonum för det. Han hette Johansson, vill jag minnas. Han kanske skulle kallats för Säcken, om gossarna hade varit på de humöret den dagen. Allt handlar ju om tajming när saker och ting blir till.

– Jo men, grymtade Rutger och himlade med ögon och suckade. Var får folk allt ifrån, jag bara undrar sa han och såg sig medlidsamt om bland sina sommargrannar, vi som var där.

– Nisse har en brorsa som heter Arne, sa Larsson vidare.

– Arne, sa Rutger, som nyss hade anslutit sig till oss utanför Råholmarn's affär. Heter inte Nisses brorsa, Henry?

– Nä, sa Larsson. Han heter Arne, men Nisse tyckte han såg ut att heta Henry och så fick det bli.

– Jaha, sa Rutger. Så om man skulle ropa på Arne, gör man det för döva öron. Men skulle man ropa Henry, då svarar Arne?

– Bravo, sitt ner!

– Ja, vi har en kille på SJ som är döpt till Anders Karl-Rune, berättade Rutger vidare. Men, han går under namnet, Hjördis.

– Hjördis, sa vi tvåstämmigt så det lät riktigt vackert.

– Jamen visst. För länge sedan var det poppis med breda livremmar och det hade Anders Karl-Rune tagit fasta på. Nästa dag infann han sig i något som mer liknande ett gammaldags njurbälte som knuttarna hade. Ja, den motorcykelbundna ungdomen på Hedenhös tid då, om det ska vara så noga. Det var en hiskligt bred livrem med stort spänne så han nästan fick gå och hålla i bältet för att de inte skulle hasa ner över fötterna. Men, inne med de senaste, de var han. Han såg ut som en Havannacigarr med en maggördel av jubileumsutförande. Det dröjde inte många sekunder innan kamrathumorn myntat "maghjördis" vilket blev innan dagen var slut, förkortat till bara Hjördis. Men han är som sagt mantalsskriven som Anders Karl-Rune och det ser han ut som. Runt knuten på Råholmarn's butik, kom nu Pettson stövlandes med ett par lådor tomater.

– Nu kommer Pettson, teaterviskade jag. Nu ska jag fråga vad han heter.

Gubbarna verkade ta mod till sig inombords. Man stegade fram mot affären på bred front så bred som den kan bli av fyra gubbar i blåbrallor och adress Pettsons kärra som på ett givet kommando, för att göra vår framstöt där han kom på tillbaka tillbakavägen på den där breda fronten. Och när han så kom rundande knuten, men nu ifrån andra hållet.

– Hej å hallå! Sa jag, lite överdrivet käckt!

– Hallå smågrabbar, sa Pettson och nickade!

Jag samlade mera mod...

– Vi har ju setts under flera år sa jag och det är inte utan att man undrar vad vår tomatleverantör heter?

– Jag heter Pettersson, sa Pettson!

Ett sus gick genom församlingen.

– Men kalla mig gärna Pettson, det gör alla andra.

Locket på den gamla moraklockan stod på vid gavel och bara gapade, medan jag samlade mig för nästa fråga. Har man sagt A får man faderullan även säga B eller har tagit fan och hans mormor i skötekan.

– Och katten din försökte jag, för det är väl din, den heter väl i så fall Findus, kan man gissa?

– Näe, varför skulle han heta det, sa Pettson? Katten, han heter Felix. Hej på er smågrabbar.

– Hej!

Bortsprungen eka...

Gunnarsson bor som vi på fastlandet, men har sitt fritidsviste ute på Orrholmen, och skulle nu ut till sin kobbe.

Vi satt i aktersalongen på Vaxholmsbolagets Västan, en av få bolaget har kvar i sin härliga klass. Den skötte nu om vår transport ut till Råholmen för omgruppering, som vår major kallar det.

Gunnarsson, eller V-Gurra enligt Lundin, är en mångsysslare och har en liten rörelse, Gurras ved & begagnade akvarium! Det är därför vi kallar honom för V-Gurra kort och gott.

– Begagnade akvarium, funderade Lundin, eller majorn, är det verkligen någon efterfrågan på sådana där glaslådor?

– Nej, nej, säger V-Gurra och spottar ut snuset i lä, för att stoppa pipan istället. Näe, fortsätter han, men något ska man ju pyssla med och då är begagnade akvarium lagom hektiskt att sysselsätta sig med och saluföra av.

Vi nickade taktfast och Lundin tittade till och med på klockan samtidigt. Det är simultanförmåga det, pojkar!

– Förr, när dom eldade med både ved och kol, så kunde man följa eldarens färd mellan öarna. Det såg ut som en ambulerande majbrasa. Nu går man på diesel, och har en ny maskin under däck, visste till och med Lundin att berätta.

– Det är mest ved, jag säljer egentligen fortsatte V-Gurra utan att vi undrat och vände blicken frågande åt vårat håll som för att inkräva en offert. Kan jag intressera herrarna för nån kubikmeter prima eldningsved, måhända?

Vi brukar ju klara oss på höstens vindfällen på holmen, men godhjärtade som vi är, tecknade vi oss för var sin kubbe prima eldningsved.

Så här i älgjaktens tid och vår omgruppering, föds lika många goda jakthistorier som det sägs avverkade älgar, så Lundin, vem annars, passade på att fråga V-Gurra hur det egentligen låg till med älgjakten ute på Herrhamra.

– Det var väl dåligt med jaktlyckan förra året, sporde han lite trevande och hoppades på någon fin skröna. omlagd på Orrholmen. Den holmen ligger egentligen norr om Råholmen, mot Fläderhällarna till, utefter farleden vid Stora Nubbens fyr, men man lägger ändå båttrafik på detta lite aviga vis.

– Nja, säger V-Gurra efter en stund. Även om det var ett dåligt jaktår, var jag nära att fälla en skaplig oxe då jag lagt näten ute vid Malörten, åt fyrbråten till. Jag brukar lägga där. Jag hade gått över fjärden och loggade säkert bara en fyra- fem sådär, när jag såg storoxen komma simmande från Orrholmen mot Råholmen.

Bössan hade jag ju med, men jag kunde ju inte gärna skjuta där han simmade, utan jag väntar tills han kommer upp på landbacken, tänkte jag.

Vi satt tysta och lyssnade på V-Gurra och hans berättelse spända av förväntan hur det skulle sluta.

– Men så plötsligt, som om han läste mina tankar, vänder han om och simmar tillbaka mot Orrholmen. Så jag tar förtampen på ekan, gör en ögla och kastar om halsen på älgen.

Sedan satt man där på aktertoften och lät honom bogsera mig, gnäggade V-Gurra förnöjt. Men, när han kommer upp på land, ska här skjutas, tänkte jag igen och började så plocka med bössan. Men, det gick så fort när älgen fick bottenkänning och rusade upp på land, att både jag och bössan dråsade ur ekan och for in i strandvassen. Älgen for iväg in

V-Gurra hade nickat lite dystert medan han försökte få fart på sin pipa igen som nu hade slocknat. Västan hade nyss lagt ut från Öja och kursen var omlagd på Orrholmen. Den holmen ligger egentligen norr om Råholmen, mot Fläderhällarna till, utefter farleden vid Stora Nubbens fyr, men man lägger ändå båttrafik på detta lite aviga vis.

– Nja, säger V-Gurra efter en stund. Även om det var ett dåligt jaktår, var jag nära att fälla en skaplig oxe då jag lagt näten ute vid Malörten, åt fyrbråten till. Jag brukar lägga där. Jag hade gått över fjärden och loggade säkert bara en fyra- fem sådär, när jag såg storoxen komma simmande från Orrholmen mot Råholmen.

Bössan hade jag ju med, men jag kunde ju inte gärna skjuta där han simmade, utan jag väntar tills han kommer upp på landbacken, tänkte jag.

Vi satt tysta och lyssnade på V-Gurra och hans berättelse spända av förväntan hur det skulle sluta.

– Men så plötsligt, som om han läste mina tankar, vänder han om och simmar tillbaka mot Orrholmen. Så jag tar förtampen på ekan, gör en ögla och kastar om halsen på älgen.

Sedan satt man där på aktertoften och lät honom bogsera mig, gnäggade V-Gurra förnöjt. Men, när han kommer upp på land, ska här skjutas, tänkte jag igen och började så plocka med bössan. Men, det gick så fort när älgen fick bottenkänning och rusade upp på land, att både jag och bössan dråsade ur ekan och for in i strandvassen. Älgen for iväg in bland träden med ekan slängande efter sig. Ja de var en ståtlig, redig tjur de. Såg inte till den sedan.

Lundin, satt tyst, kanske i vapenvårdstankar, men nickade. Han tittade åter på klockan när nu Västan girade styrbord med ny kurs mot Orrholmens brygga och gav ifrån sig ett öronbedövande bröööl med ångvisslan. För de av oss som växte upp under sextio- sjuttiotalet, bidrog Västans gamla dieselmotor med en av det mest karakteristiska skärgårdsbåtsljudeffekterna. Mångdubbelt mer speciellt än aldrig så välljudande ångvisslor. Numera är dock dieseln rustad med ett kompressorhorn så det så, tänkte Lundin nästan högt, för han hade läst på. Gamla ångbåtar blir nästan som nya, behövs bara lite make up innan hon ska ut.

– Men i år knäppte jag älgen i alla fall, berättade V-Gurra.

Lundin verkade dock som om han satt i andra tankar, han har ju lätt för det den gamle stridspiloten.

– Men hur kunde du veta att det var just den älgen du hade snarat året innan, som du nu lät bita i gräset, undrade majoren, även om han nu bara var i reserven, men väl insatt i både pang och bom å så?

– Tja, sa V-Gurra. Det var egentligen ganska enkelt. Jag kände ju igen ekan!

Du har telefon

– Voffor gör di på detta viset, undrade Nisse med ett glasklart citat av en rumpnisse ur Astrid Lindgrens film, Ronja Rövardotter. Du som minns filmen, diktionen var inte heller att klaga, eller att ta miste på.

– Bästa lilla rumpnisse, det är den årstiden, förklarade Lundin vår lille runde, gode, glade, major i reserven.

Nisse hade stått och tittat upp som någon ung förmåga ifrån förskolan *Spillkråkan*, på de nedsinglande löven. De spreds färggrant över marken och kom graciöst och glatt neddalande. Det hade varit en molnfri natt och temperaturen hade sjunkit under nollstrecket. Men nu hade det börjat mulna på, och vi anade regn under dagen, det var ju höst som sagt var. Ut över vikens vatten, fattades bara älvornas dans över den ångande vattenytan. Det vara ganska tjusigt även utan älvorna.

– Jo jag vet, försökte Nisse. Men att det redan är höst? Det kom så plötsligt, som flickan sa.

– Sant! Men det drabbar oss alla jämställt. Och lika överrumplande som hösten plötsligt nu prövar oss, ja då det är vår, förkunnade Lundin och lade till, "sjung hopp faderallan lej".

– Att vad, undrade Nisse?

– Det var ett bara citat ur snapsvisan, Helan går. Har du tacklat av?

– Vi knallar upp till Nylunds nu, han skulle bjuda på en kopp. Gissar gubbsen redan är där. Men du, det där med löven, det är väl bra att det bara är löv som singlar ner. Det kunde vart värre, det kunde varit snöflingor istället. Se det positiva i detta singlande.

– Aha, du menar så?

– Bättre att se det positiva istället för alla hinder på vägen. Kom nu så drar vi.

Det var skönt i luften och den lilla vägen upp till Nylund avverkades i några raska kliv. Fortfarande låg slöjorna kvar över vattnet, eller så var det älvorna likt förbannat som virvlade runt där nere. Men inte in natura, för då hade vi nog reagerat. Den prydliga lilla gröna grinden Nylund målat tidigare i somras, lyste nu klargrön.

– Nu är hela styrkan samlad sa Nylund, då vi traskade in på, för oss, okänd mark.

– Kärntruppen verkar vara inalles, sex pers. summe-
rade Nylund inklusive skriftställaren.

– Han verkar ju vara med överallt, så den kufen kan
man inte kringgå siade Lundin, eller majorn.

– På det måste det bli en kask, så vi blir lite varma
inombords, bestämde Nylund som pytsade upp både
det ena och det andra.

– Jag har ett recept på kask, sa jag. Ja, det var egent-
ligen Olsson ute på Fåglarö, som tecknade ner det
en gång i tiden.

– Recept för att ta en kask behövs väl inte, menade
Nisse. Vad är det för nys?

– Jo, recept eller beskrivning, för den som inte vet,
som inte har den blekaste. Som inte kan konsten lik-
som, nickade Nylund förnumstigt och sa, kopp!

Manskören stämde i med ett unisont, kopp!

– Gött, skulle dom säkert säga i Göteborg, flinade
Lundin. Men där heter kask, nog något annat, skulle
ja tro. Tjärt barn har många namn, sa han som var
asfaltkokare ute i Masthugget och på Majorna.

– I Göteborg tror jag kasken kallas, uddevallare.
Nere på platten i Skåne, har man sagt, skobogök.
Men, vad menar du med recept, det är väl bara
skvimpa upp efter tycke å smak? Ansåg Nisse igen.
Tarvar ingen överkurs så vitt jag förstår.

– Vits, sa jag! I allt väsentligt häller man på tills man
anser man är till fyllest. Påminner mig om den där

gamla historien som säkert stått i den anrika tidningen, Strix, av Albert Engström, där en roslagspigg frågar, "Fryser du H'engström?" Varpå Engström svarar, "Ja tack"!

Själv fryser jag bara jag skriver ett minustecken, så jag ska försöka låta bli med det.

– Kopp! Jag känner mig allt lite frösen både till kopp och själ. Det här är egentligen enligt min mening, en jäkla onödig årstid, muttrade Nisse när han höjde sin kopp högtidligt med armen i vinkel. Förläng sommaren istället, och ta bort hösten, tack för ordet!

– Nu ser jag fram emot att höra receptet, det kanske värmer i alla fall. Nyllet, släng in en pinne på brasan.

Färgen hade stigit på Lundins kinder och kranen mitt i den runda glada nunan, lyste sådär signalrött och fint. Nu hade Lundin i en blink döpt Nylund till "Nyllet" också. Han har sitt lustiga ordförråd, vår reservofficer.

Nyllet tittade lite undrande på Lundin, men slängde in några vedklabbar i kaminen till allas värmande applåd. Det både värmer och doftar gott.

– Nyllet, kallades jag redan i Norra Real, berättade Nylund. Så det var inget nytt, sa han och log med hela nyllet.

– Receptet sa jag, det är ju ganska grundläggande. Man lägger en tioöring… ja som ni förstår är inte receptet skrivet igår, ja inte i förrgår heller. Men skrivet på den tiden vi hanterade tioöringar. Man lägger alltså en tioöring i koppen och sedan häller man på kaffe till dess myntet inte längre syns. Fyll sedan på med brännvin till dess myntet åter framträder i koppens botten.

– Äsch, sa den ekonomiskt sinnade Rutger. Man ska inte hälla på brännvin. Nää, det gäller att få mer för pengarna, så man ska hälla på en mörk cognac. Det kallar jag för valuta, de!

– På Gotland heter kasken, kaffehalve, sa plötsligt Larsson som suttit tyst länge och vaknade nu eftersom han har lite kontakter ute på kalkstens Hawaii. Jo, säger man något på Gotland, då blir det kaffehalve.

Nylund berättade att i Sörmland fanns det en förening för mjölkpallens bevarande. Där byggs mjölkpallar, eller mjölkbord, efter gamla ritningar och där pallarna besiktigas av föreningens mätmän för att så att säga hålla måttet. Blir pallen godkänd får ägaren pallen upptagen i rullan för godkända pallar.

Pallen erhåller därpå ett löpnummer.

– Vi kanske skulle ha en förening för kaffekaskens bevarande, funderade Nisse. Kanske stärkt av stundens allvar eller innehållet i hans kopp. SKF… Svenska Kask Föreningen, funderade han vidare. Vad sägs?

– Så vi ska åka runt i landet och besiktiga kaffekaskar för att se om de håller måttet, till angenäm styrka och smak, menar du undrade Rutger och citerade samtidigt Taube. Vi skulle ju bli tvungna att provsmaka och småningom skulle vi hamna ute på Bogesund för en vit vecka och sedan hos Länkarna.

– Jag kom att tänka på att då man ville bjuda på en kask förr, så öppnande man fönstret och sa till en förbipasserande gammal vän, "Öllund, du har telefon!"

– Vackert Nisse… men om man nu inte hade någon telefon, vad sa man då?

– Då sa man samma sak, för det fanns ju ingen som hade kläm på om man hade telefon eller inte… kopp!

Just då gläntade Nyllets huskors Edith, på dörren och vänd mot sitt Nylle sa hon…

– Du har telefon!

Renoverat och nytt...

Lundin rullade ut ritningen nere vid sin sjöbod och bastu. Här skulle planeras och funderas så det knakade precis som det lät när Larsson drog ur en galvad tre tum spik ifrån den första brädan av kruttorr gammal fjällpanel, kniiirrk, typ.

– Jaha ja, sa Nisse som kom med ny ansad skepparkrans och bärande på en nymålad frälsarkrans med snygg logotype. Håller du på att restaurera sjöboden eller blir det bastun som råkar ut för en makeover?

Lundin tittade upp med sin lite fåraktiga uppsyn som vi väl känner igen vid det här laget.

– Restaurera, sa han så, efter en längre konstpaus?

Ja! Det ser ut så. Ett knippe nya bräder och en hög fjällpanel som antagit en lite ledsen look och ser aningen bedagade ut i uppsynen sa Nisse och pekade. Påminner som korvskinn! På tal om korvskinn, höll jag på att säga. Visst skulle väl hon, Hamilton, kursa sin stuga på Ängsholmen?

– Absolut, så är det. Jag har en köpare på gång som är inom Hamiltons bransch. Han är kriminalkommissarie och är intresserad. De känner varandra för övrigt och kommissarien och jag, vi känner varandra sedan lumpartiden. Så är läget.

– Jag tänkte bara, för jag hade hört att hon tänkte sälja.

– Som sagt, renovera är vad jag ämnar sysselsätta mig med. Jag nöjer mig med lite lätt handpåläggning. Annat är inte aktuellt. Några bräder ur panelen kan jag använda igen, de är varken spruckna eller har annan åkomma. De ska bara fräschas upp lite. Det vill säga, slipas av, hyfsas till och grundas. Så det blir nog fjällpanel av dem igen. Annars har jag en trave nytt, prima virke också samt en sprillans skruvdragare. Spika, nää se de gjorde man förr.

Larsson hade nickat i bakgrunden medan ett nytt kniiirrkande, ekade över viken.

– Aha!

– *Det kommer bli lite gammalt renoverat och* nytt. Liksom en strut blandade karameller, som man sa en gång när farsan var liten och fick pröjsa två öre för struten.

En lagom kompott av renoverat och nytt, kan man väl sammanfatta det som, då?

– Det ser i alla fall ut som om du slöjdar på sjöbon, fortsatte Nisse vidare, och nickade.

Bastun är ju relativt nyinvigd vad jag vill minnas. Vad är det för skillnad på, restaurering och renovering, undrar en som aldrig frågat förr, men tror sig veta vilken sida på båten som är styrbord.

– Regler Nisse, regler.

För en ombyggnad eller annan ändring kan man läsa i PBL, det vill säga Plan och Bygglagen i åttonde kapitlets sjunde paragraf där det tolkas som du kanske vet, olika bland annat utifrån definitionen av ombyggnad i första kapitlet, fjärde paragrafen i PBL. Begreppet ombyggnad återinfördes i PBL år 2011 enligt denna definition. Är du med, Nilsson?

– Va? Jamen, jovisst!

– Som sagt, enligt denna definition i PBL avseende ombyggnad, det vill säga ändring av befintlig byggnad där betydande och avgränsbar del av byggnad som om byggnad påtagligt förnyas och kan avses, vilket kan angå exempelvis trapp, altan, vitshusbod, etcetera. etcetera. Ändringen kan då betraktas som ombyggnad, eller enbart en annan ändring. Definitionen av renovering är därför att förändra genom förnyelse, ett objekt till ett skick som är jämförbart med skick från nybyggnation.

– Jaha, sa Nisse. Jag förstår precis!

– Jo, det är sjöbon jag avser att renovera. Men jag vet inte längre om det är någon idé att fortsätta.

Vad ska man med ett nyskick till? Bara kolla i spegeln. Skulle vara bättre med en backspegel.

– Fan vad du låter munter och upplyftande. En riktig glädjespridare, du var inte klassens clown?

– Jo så var det nog, kanske det. Men man skulle nog testa lite ansiktsupplyftning?

– Så att du matchar den renoverade uppfräschade sjöbon, menar du?

– Ja, vad ska man annars stå och renovera, måla och pimpa, sin gamla sjöbod för?

– Back to sixties, majorn! Men, om det hjälper, är jag möjligen lite oklar över.

– Och du Nisse, när man tänker efter. På sextiotalet hängde det affischer lite var stans där det stod, ”Jesus kommer snart” vill jag minnas.

Nisse drog upp en väl jäst och korkad öl av majorns hembryggda på egen humle, med ett redigt ploppande så Lundin studsade en halvmeter rakt opp, så reservofficer han ändå är. Ska det vara korkat, så ska det…

– Vad du skräms!

– Snacka om att skrämmas, sa Nisse. Jag kommer ihåg då vi sprängde vårt gamla avträde så vi fick plocka pinnar och flisor en vecka efteråt. Det kallar jag för något som sa, plopp. Minns du den lustiga historien om farfar som satt på utedasset?

– Nä!

– Jo, man hade haft funderingar på att jämna avträ-
det med marken för det var ruttet och det regnade in.
Man hade en liten bit krutgubbe, som bergspräng-
arna lämnat kvar som souvenir efter senaste besöket,
och den funderade man nu på att använda.

Man hade laddat och tänt stubinen. Farfar kom då
hastande på väg mot dasset och verkade ha bråttom.
Då han hunnit i på dasset, smällde det och väggarna
vek ut sig åt alla fyra väderstreck. Taket hade gjort
en fin bana och hamnade med ett plask i viken med
snygg gruppering i pik. Ja, ja, storyn är gammal,
men den får duga ändå, det är inte så noga här i sko-
gen. När röken hade skingrat sig, hade farfar tittat
sig generat omkring med brallerna kring fötterna
och sagt, jag skulle nog låtit bli den där ärtsoppan!

– Nä, sa Lundin igen. Den historien har jag aldrig
hört. Hörde farfar något efter detta då?

– Va!

– Hörde farfar något efter denna smäll då?

– Det förtäljer inte historien.

– Ni kanske skulle renoverat skithuset istället. Det
hade då blivit lite renoverat och nytt. Den där histo-
rien om farfar är ju äldre än avträdet, men skithuset
skulle bli nytt. Att blanda gammalt och nytt är inne
nu, säger Maggan.

Nu är det jul igen…

Ute på Råholmen gick livet vidare. Gubbarna, ja Lundin, Rutger Rynhagen, Nisse me' Vegan, Larssons, Nyllet Nylund, jag själv samt Pettson. Alla var som vi brukade vara och holmen låg där den brukade ligga.

Nu satt vi som traditionen bjöd, hemma hos familjen Lundin. Där det rådde de vanliga julstöket. Majorn själv satt för tillfället och försökte få snurr på sin speldosa. En speldosa som vid normala fall brukar ge ljud ifrån sig och låta Bjällerklang ljuda då man lyfter karaffen för att servera några droppar starkt. Nu lät den varken kling eller klang. Majorn är normalt mycket glad och stolt över denna, sin speldosa och raritet. Men i klenoden finns det gott om fjädrar och kugghjul, vilka kan haka upp sig, och dagen till ära var det lite si och så med majorns stolthet. Vid en första titt bland dosans alla kugghjul och fjädrar, såg det aningen vanskligt ut att pilla ibland de

rörliga delarna. Om man nu inte riktigt visste var
och hur, man skulle pilla för att få snurr på dosan
och den i bästa fall skulle ge ljud ifrån sig igen. Gub-
barna var rörande eniga om att maskineriet hade fått
soppatorsken, som Larssons telning uttryckte det.
Larssons grabb heter Simon, men kallas av alla ute
på holmen för, Simpan. Rutger hade berättat i andan
om, att han i söndags hade sett en skär julgran i ett
köptempel. Lundin tittade upp ifrån sina kugghjul,
men sa ingenting, bara log.
– Kvällen innan eller dagen efter, muttrade Nisse på
tal om det Rutger hade sett. Du är säker på att det
var en skär julgran du såg?
– Har aldrig varit säkrare. Det fanns, hör och häpna,
även svarta julgranar. Gula, röda, vita och silver-
glittriga, fanns det också. Men priset tog nog den
skära granen.
– Gissar att Babsan, redan har en sådan gran i sin
lya, sa Nisse. En rosa som matchar henoms hår. Men
hade dom inga gröna granar?
– Jodå, klart som doppet i grytan det fanns såna,
sanna, gröna, granna, granar.
– Det är väl granens huvuduppgift att vara grön?
En gran ska vara grön, basta!
– Men du är fortfarande säker på att det var en skär
du såg, undrade Nisse?
Nisse var i full färd att försöka få fyr på sin gurgl-

lande snugga. Han är väl ett unikum som röker pipa i dag?

– Vem är det som köper en rosa julgran?

– Babsan antagligen, sa jag ju. Det finns en marknad för allt. Man kan ju dock undra, vart är vi på väg? Som man skulle sagt i tv medan tåget dundrade iväg mot Orsa. Vart är vi på väg? Men lite egenartat tycker jag i alla fall det är med en svart julgran. I vilket sammanhang vill någon ha en sådan? Fonus i sitt skyltfönster? Måste finnas en orsak till att den är svart, liksom. Har man fått köpa den för tjugo spänn vid snabb affär utan kvitto? Svart!

Man kan tydligen i detta sammanhang helt glömma White Christmas, det blir en svart jul. Fanny och Alexander, var är ni?

– Gissar ungdomen, hostade Nisse som nu fått fyr på pipan, tycker att en svart gran rockar fett!

– Nisse, ska du röka här inne, får du gå ut härifrån, sa Nyllet.

Nisse såg sig undrande om och hostade igen, diskret.

– Oj, vilken fullträff, sa Larsson.

Annars tyckte vi nog rent generellt, att denna jul inte var mer annorlunda än den förra.

– Jag har skippat önskelistan till jul sa jag. Man liksom har allt så här års, utom ett Märklintåg förstås. Jag fick en gång i tiden visserligen ett elektriskt tåg och den julen blev därmed fulländad. Men det tåget var av märket, Trix. Men något Märklin, har jag inte sett ett spår av. Annars är det en trevlig högtid det här med julen.

Varje liten röd tomteluva höjer pulsen en aning, varje kulört julgranskula sätter fantasin i rullning, varje ångande glöggryta får man lite dimmigt i blicken av.

Änglaspelet pinglade vackert som vanligt. Utanför stugfönstret föll regndropparna från takfoten men det doftade både varm glögg i stugan och sprakade hemtrevligt från granveden i kaminen. Någon hade lackat ett paket och den säregna doften av lack, spred sig och blandade sig mysigt denna uppesittarkväll. Härligt!

– Jaha, då var det dags för hjul igen sa Lundin, eller majorn. Han hade suttit tyst väldigt länge medan han koncentrerat och fokuserat, hade ägnat sig åt pillandet i sin speldosa och imaginära dyrgrip. Möjligen kan man idag hitta en liknande på Blocket, men bara möjligen.

Nu satt han plötsligt, till synes uppgiven, med en hög osorterade speldoseprylar framför sig.

Med ett fjädrande spjoooong… hade en bladfjäder sett till att sprida inkråmet av kugghjul, stödpinnar och spiralfjädrar, ut över bordet som ett sprakande fyrverkeri, eller likt en mobil hjullöpare, all inklusive. Lundin hade stönat uppgivet. Suckade igen och log trots allt, hjul som jul!

– En riktigt God Hjul alla, sa han lite skruvat!

Innehåll

Översättning

Finländsk Åbodialekt:

Sablares perrkele... kyl mum miälest halstratu si-
lika o paremppi ku savustetu.

Översättes med:

Men tusan jäklar, jag tycker nästan sotare är godare
än böckling.